Sonya
ソーニャ文庫

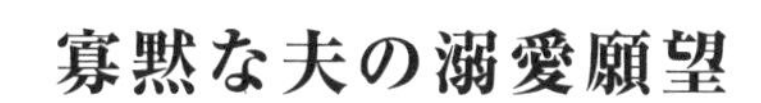

寡黙な夫の溺愛願望

葉月エリカ

イースト・プレス

contents

プロローグ　過ちだらけの初夜

思い起こせば一年前。

ラヴィエル伯爵家当主であるジェイクと、彼のもとに嫁いできたアストレイ子爵令嬢エレノアとの新婚初夜は、さんざんなものだった。

「痛っ……！」

堪え切れない苦悶の悲鳴が、深夜の寝室に反響した。

寝台の上で、みっともないほどの大股開きにされたエレノアは、我が身に降りかかるおぞましい試練に、がちがちと歯を鳴らした。

（何これ、痛い。痛すぎる。怖い）

めくれた夜着の裾から覗く、下着もつけない裸の下半身には、「夫」となった相手の男性器が挿入されようとしていた。

まだ先端が食い込んだだけだというのに、恥骨の内側からみしみしと砕かれるような激痛に、全身の血の気が引いて、嘔吐感すら覚える。

本当は今すぐ「やめて」と訴えたいが、この行為が夫婦の義務である以上、拒むことは許されなかった。

「――大丈夫か、エレノア」

押し殺した声で尋ねるのは、エレノアに覆いかぶさる青年だ。

就寝用の柔らかなシャツを羽織った彼は、脚衣の前だけをわずかにくつろげ、大きく硬くなったものをエレノアの陰部に埋め込もうとしている。

清潔感のある短い黒髪に、ダークグレイの瞳を持つ美男子だが、その双眸を今は見ることができなかった。

なんとなれば、ことに及ぶ前に、エレノアが彼のネクタイでぴったりと目隠しをしてしまったので。

「こんなことを、これから毎晩しなければいけないのですか……？」

あまりの痛みに、エレノアはつい弱音を洩らした。

一瞬言葉に詰まったあと、ジェイクが否定する。

「いや、別に毎晩というわけでは」

「……よかった」

少しだけ安堵したものの、今この瞬間のつらさが和らぐわけではなかった。

「お願いです。医者を呼んでくださいませんか」

人生最大の苦痛に顔を歪め、エレノアは真剣に懇願した。

「医者？」

「麻酔薬を注射してもらえれば、この痛みにも耐えられると思います。お手間をかけさせて恐縮ですが、完全なる初夜の遂行のために、なにとぞご理解のほどを」

「そんなにも痛いものなのか？　まさか、ひどい怪我でも――」

ジェイクはたじろいだように、視界を塞ぐネクタイに手をかけた。

「いけません！」

エレノアの叱声に、彼はびくりと動きを止めた。

局部からは血こそ出ていないが、そんな部分を直に見られれば、恥ずかしさに舌を噛み切りたくなるし――それに。

「目隠しを外してはいけません。私の顔を……私のように醜い女の顔を見ながらこのような行為に及ぶと、男性は『萎える』のです」

「……そんなことはないと思うが」

「いえ、絶対にそうなのです」

エレノアは頑なに断言した。

「こんなにも地味でつまらない女を同情で娶らせてしまって、ジェイク様には申し訳ないと思っています。恩返しのために跡継ぎを産むことが、今の私には何より大切な仕事です。破瓜の際に痛みがあることは、知識として把握してはいましたが、これほどとは思いませんでした。不勉強のほどをお詫びします」

痛みに途切れそうになる声を励まし、エレノアは一気に言った。

目元が隠れているせいでよくわからないが、ジェイクの困惑がますます深まった気配がした。

「君と結婚したのは、同情などでは――」

「おためごかしは結構です」

ぴしゃりと言い切ると、ジェイクは躊躇ったのちに口を噤んだ。

もともと彼はひどく寡黙で、歯の浮くような愛の言葉など口にできない真面目な男だ。

社交界でもとびきりの堅物として知られているし、二十四歳という年齢にしては珍しいことだが、おそらく女性経験もないのだろう。

一方のエレノアも、子供の頃からお洒落にも人形遊びにも興味がなく、難解な数式を解

くことが何より好きだという理系少女だった。

変わり者同士、ある意味お似合いの夫婦とも言えるが、ジェイクが精悍な美貌を誇るのに対し、エレノアは決して美しくはない。

色素の淡いプラチナブロンドや、銀に近いアイスブルーの瞳は冷たい印象を与えるし、肉付きの薄い体は女らしい丸みに欠けている。貴婦人の嗜みである裁縫や化粧も、自分ではほとんどしたことがない。

いつでもはっきりとものを言いすぎるし、ユーモアや情緒のある会話とやらも苦手だ。

そのせいで、一度は別の相手とまとまりかけた婚約も、途中で破棄されてしまった。

（とにかく私は、女性としては欠陥品なんだから……）

そんなエレノアが、性というものをことさら意識させられる肉体交渉に挑むこと自体、難易度が高いというものだ。

考えに考え抜いた挙句、とにかくジェイクを失望させないよう、華のない顔も貧相な体も見せなければいいのだという結論に至った。

当惑しながらも目隠しを受け入れたジェイクは、見えないままにいろいろな場所に触れようとしたが、

『そんなところを触っても何も楽しくないでしょう？』

と、エレノアは一切のキスや愛撫を拒んだ。

頭でっかちなエレノアは、夫婦の行為というものは、とにかく性器だけを結合させればそれでいいと思い込んでいたのだ。

そのせいで性交に伴う快感など微塵もないし、体が潤わないせいで痛みが増すのだということも、当然ながらわかっていない。

「とにかく医者を。早く麻酔を」

言い募る新妻に、ジェイクは溜め息をついて身を離した。

「……やはりやめよう」

「ジェイク様？」

背を向けて衣服を整える夫に、エレノアは焦って身を起こした。

「ごめんなさい。やはり萎えてしまわれましたか」

「そうじゃない」

振り返ったジェイクが、今度こそ目隠しのネクタイを外していたので、どきりとしたエレノアは、急いで夜着の乱れを直した。

いまさら驚くのもおかしいが、やはり彼は、とても綺麗な顔をしている。

白皙の額に、きりりと凛々しく吊り上がった眉。貴族的な上品さを漂わせた鼻筋と、常にきゅっと引き結ばれている形の良い唇と。

知性を宿したダークグレイの瞳は、甘さこそ足りないが硬質な色香を秘めていて、エレノアの胸をざわめかせた。

　この目で見つめられると、なんだか落ち着かない気分になるから、それもあって目隠しをしてもらっていたのに。

「君がそんなにもつらいのなら、無理強いはできない。また機会を改めよう」

「けれどそれでは、子を生すための義務が果たせません」

「――義務、か」

　エレノアの言葉を、ジェイクはどこか苦々しく繰り返した。

「君はこの行為を、単なる義務だとしか思っていないんだな」

　彼が何を言わんとしているのかがわからず、エレノアは戸惑った。

　困ったときはいつもそうするように、書物で得た知識を思い返してみる。

（性行為の目的は、第一に子供を作ることのはずだけど……）

　もしくは性欲を発散するため、享楽的な快感に溺れるか――あるいは、想い合う男女が互いの愛情を確かめるためにすることだ。

　ジェイクが第二の目的でこの行為に及んでいるのなら、あいにくとエレノアには応えられるだけの技量がない。夜の世界には、そういうことを商売にする専門の女性がいると聞くから、彼女たちを相手にしてもらうほうがずっと手っ取り早いだろう。

　残る可能性としては、三番目だが。

（それはありえないわ。だって、前提条件が成り立ってないもの）

エレノアは冷静に分析した。

自分とジェイクは結婚こそしたけれど、決して愛し合っているわけではない。

エレノアの兄のルーカスとジェイクは、寄宿学校時代の同級生だった。

貴族の世界では行き遅れと呼ばれる二十歳（はたち）を過ぎ、婚約破棄までされた妹を案じる友人を見かねて、余り物を引き取るようにもらってくれたのだ。

それ以前に顔を合わせたこともなかったから、会話をする機会もなければ、手紙のやりとりさえしたことがない。

求婚の言葉は兄の立ち会いのもと、

『君を妻に迎えたいと思うが、いかがだろうか』

という色気も素っ気もないもので、とっさのことにエレノアは、

『物好きですね』

としか返せなかった。

驚きのあまり表情は強張（こわば）り、怒っているように見えたかもしれないが、少なくとも拒絶の意思は示さなかったことが決め手になった。

兄と両親は、これでエレノアを行かず後家にしないですむと万歳三唱し、あれよあれよと結婚準備を整えた。

伝統ある伯爵位を継ぎながら、貿易会社を営んでいるジェイクは経済的にも裕福で、しがない子爵家の娘には、身に過ぎた玉の輿だった。

婚約期間中もジェイクは仕事が忙しく、恋人らしい交際はほとんどしたことがなかった。たまにオペラや音楽会に赴くことはあっても、芸術的な審美眼のないエレノアには良し悪しがわからず、せっかく誘ってくれたジェイクに申し訳ないとしか思えなかった。

エレノアが楽しんでいないことがわかるのか、行き帰りの馬車の中でもジェイクは黙りこくっていて、手を握ることも唇を求めてくることもなかった。今日の昼、身内だけのささやかな結婚式で、神父に促されてようやく誓いのキスをしたばかりだ。

(あのキスだって、ほんの一秒……いいえ、三分の一秒くらいの短さだったし。ジェイク様は、お兄様への義理で私と結婚してくださっただけだもの)

彼の口から「好きだ」「愛している」といった類の言葉を聞いたこともない。

よってジェイクが、愛の証としての性行為を求めているわけがない——エレノアはそう判断した。

「……子供を作るためだけに、こういうことをするのなら」

咳払いしたジェイクが、言葉を選ぶように言った。

「負担を最小限にするよう、日取りを決めたほうがいいかもしれない」

「負担……ですか」

「女性の体は、子を授かりやすい時期と、そうではない時期があると聞いたことがある。違うか？」

「ええ、そのとおりです」

一時期、数学書の他に医学書を読むことにもはまっていたので、女性の生理と受胎の仕組みには詳しい自信がある。

「だから、その。どうせなら、そういう周期を狙ってこういうことをしたほうが」

ぼそぼそと喋るジェイクに、エレノアは合点がいったとばかりに頷いた。

好きでもない女相手にこんなことをするのは、ジェイクにとっても「負担」で、気が進まないことなのだろう。

「そのほうが効率的だし、無駄撃ちは控えたいということですね。私も同意いたします」

「無駄撃ち……」

呆然と呟くジェイクが傷ついたような顔をしていることに、エレノアは気づいていなかった。

むしろ、自分と同じように合理的な考え方をする夫に、初めての親近感すら覚える。

「そうと決まれば、今夜は寝ましょう。明日も商談があるのでしょう？」

とにかく今夜は破瓜の苦痛から逃れられたと、エレノアはほっとして夜具の中に潜り込んだ。結婚式の疲れのせいか、睡魔はすぐにやってきた。

うとうとと眠りに落ちる寸前、

「こんなはずでは……一体、何が悪かったんだ……」

と押し殺した声が聞こえた気がしたが、空耳だろうと結論づけて、過(あやま)ちだらけの新婚初夜は更けていったのだった。

1章　奥様失格

「奥様！　いい加減、お仕事は切りあげて自室のほうにお越しください！」

尖った声が鼓膜を震わせ、書斎の机で書き物をしていたエレノアは顔をあげた。

雪だるまに似たふくよかな体型の中年女性が、怒った顔でこっちを睨みつけている。

「今夜はロクスバーン侯爵家の夜会にいらっしゃるのでしょう？　早く支度をなさらないと、間に合わなくなってしまいますよ」

腰に両手を当ててまくしたてるのは、嫁いできたときから世話になっている侍女のノーマだ。働き者で面倒見のいい反面、気が短いのが玉に瑕だ。

「いつからいたの？」

ペンを握ったまま瞳を瞬かせるエレノアに、ノーマは呆れて息をついた。

「何度もお呼び申し上げました。まったく奥様は、数字の計算を始めると、周りのことが目に入らなくなってしまうんですから……」

ぶつぶつと文句を言われて、エレノアは名残惜しげに帳簿を閉じた。

(あと少しで、今期の決算予測が立てられるところだったのに)

ラヴィエル伯爵家に嫁いできてから、およそ一年。

エレノアは今、ジェイクが経営する貿易会社の経理責任者として働いていた。

幼い頃から数字と戯れていると何より心安らぐエレノアは、生家の家計管理もしていたし、経済学や統計学にも明るい。

伯爵夫人が家の中だけとはいえ仕事を持つなんて——とノーマにはいい顔をされないが、たくさんの数字を前にすると、つい夢中になってしまうのだった。

「さぁさぁ、とっとと参りますよ」

気乗りのしないエレノアを書斎から自室へと引きずっていき、ノーマは衣装箪笥の扉を開いた。

「ほら、奥様。今夜のドレスはどれになさいます？　といっても、迷うほどもありゃしませんけど」

大きく立派な箪笥に対して、エレノアのワードローブは実に少なく簡素だった。

大抵が喉まで詰まった立襟仕立てで、貧相な体の線を隠せるように、もったりとしたシルエットのドレスばかり。

色は黒か茶か灰色が中心で、他には紺や緑といったバリエーションがせいぜいだ。アクセサリーの類も、腕輪や髪飾りやネックレスが、それぞれひとつかふたつしかない。

「まだまだお若い身空で、この華のなさはなんでしょうね」

ノーマは嘆かわしげに言った。

「もうすぐ五十になる私だって、こんな辛気臭い服ばっかり着やしませんよ。新しいドレスならいくらでも仕立てて構わないって、旦那様はおっしゃってますのに」

「それは無意味だし、不経済よ」

エレノアは整然と異を唱えた。

「費用対効果という言葉を知ってる？　私みたいな醜女が派手な服を着て、高価な宝石を身に着けるのは、腐った球根に水をやるくらいに甲斐がないの」

「そんなことはありませんよ。どんな女性だって、磨けば光る玉なんですから」

「慰めはいいから、着付けを手伝って。今日はこの服にします」

適当に選び出したのは、深緑色をした秋用の長袖ドレスだった。

明らかに流行遅れのデザインなのは、今は亡き祖母の形見分けでもらったものを、そのまま手直しもしないで着ているからだ。

「こんな苔だかカビだかわからない色……」

とぼやきつつも、ノーマは熟練の手つきでてきぱきと着せつけていった。

それが終わると、今度は鏡台の前に座らされる。

「お化粧はどうなさいますか？」

「変に目立たないようにしてくれれば、それで。この間みたいに、真っ赤な口紅を塗るのはやめてちょうだい」

「どうしてそう投げやりなんです。せっかく華やかな夜会に招かれていらっしゃるっていうのに」

（行かないですむのなら、是が非でもそうしたいわ）

口にするとまた叱られそうなので、エレノアは心の裡で愚痴を零した。

人付き合いの苦手なエレノアにとって、夜会や舞踏会といった催しは、ひたすら存在感を消して耐え忍ぶ苦行でしかない。

ジェイクもあまり乗り気ではないようだが、仕事のことを思うと顔を売っておいたほうがよいため、すべての誘いを断るわけにはいかなかった。

そして、このような場には、基本的に夫婦同伴で参加するのがマナーだ。いないよりはいたほうがマシだというのなら、どれだけ憂鬱でも行くしかない。

（それも妻としての義務のひとつだもの――）

ノーマに白粉をはたかれながら、エレノアは自身の下腹部にそっと触れた。

今月もまた、月のものが来て終わったばかりだ。

新婚初夜はあの体たらくだったが、紆余曲折を経た結果、エレノアはようやく夫に処女を捧げることができた。

さすがに麻酔まで打つのはどうかということで、潤滑剤代わりの香油を用い、夫婦としての共同作業をどうにかこうにか果たしたのだ。

しかし当初の約束どおり、子供を作るための営みは月に一度。

普段は寝室を分けているし、行為に及ぶ際も、ジェイクは相変わらず目隠しを強いられている。しかもエレノアが毎回痛がることと、彼自身も「負担」だと思っている様子から、短く事務的にすませるだけ。

（早く子供ができれば、もうあんなことはしなくてすむのに……）

経理責任者として夫の事業に貢献してはいても、伯爵夫人の務めを果たせていない引け目に、エレノアは溜め息を噛み殺した。

◆　◆　◆

ラヴィエル伯爵邸の玄関ホールには、一階と二階を繋ぐ優美な螺旋階段がある。

ドレスと同じ色の帽子をかぶり、エレノアがそこを降りていくと、夜会用の燕尾服に着替えたジェイクが、籐のステッキを片手に立っていた。

「すみません。長くお待ちになりましたか」

几帳面な性格の彼は、毎晩きりきりと螺子を巻いた懐中時計を持ち歩き、常に決まった時間どおりに行動する。

それを承知しているエレノアは、いつも五分前行動を心掛けているのだが、今日に限って二分ばかり遅れてしまった。六時には馬車に乗って出かける予定だったのに、申し訳ないことをしたと気後れする。

「構わない。女性の身支度には時間がかかるものだろう」

エレノアと向かい合い、ジェイクは無表情で言った。

むっとしているようにも見えるが、これが彼の素の態度だ。

結婚して一年が経っても、ジェイクが大口を開けて笑ったり、冗談を言ったりする姿を、エレノアは一度も見たことがない。

仕事に関すること以外では、ろくに会話もないし、夫婦になってもまったく距離が縮まった気がしなかった。

「かかるにはかかったのですが……」

エレノアは気まずく俯いた。

ジェイクは何も口にしないが、彼以外の人間が見たなら、

『いつもどおりの地味な装いじゃないか。どこに手間をかけていたんだ？』

と突っ込んだことだろう。

「ノーマが勝手に、鏝で髪にカールをつけだしたので。元に戻してもらうのに、ばたばたしてしまいました」

ドレスも化粧も控えめすぎるから、せめて髪型くらいは凝ったものにしようと言い張るノーマに抗っているうち、時間が過ぎてしまったのだ。

「……髪に、カールを？」

結局いつものシニヨンに纏めたプラチナブロンドに、ジェイクは視線を注いだ。

そんなことで遅れたのかと咎められているような気がして、エレノアは弁解めいた早口になる。

「なんとかいう舞台女優に似せて、世間の女性の間で流行っている髪型なんだそうです。その女優の顔だからこそ似合うスタイルなのであって、私なんかが真似をしても、不格好なだけですのに」

人間には誰しも才能というものがある、というのがエレノアの持論だ。

髪型や着こなしにあれこれと工夫を凝らしても、それが滑稽にならない才能。

甘いお菓子や綺麗な小物に囲まれて、いくつになっても愛らしく生きていける才能。

それらの才に恵まれなかったエレノアは、分をわきまえ、自分にできることをするしかないのだと割り切っている。諦めや自虐ではなく、ただ恬淡とそう思う。

(むしろ、ジェイク様と結婚できたこと自体が、ありえない幸運なんだわ)

その点について深く感謝すべきなのに、いまだに打ち解けてくれない彼を前にすると、このままここにいてもいいのかと、エレノアはときどき不安になる。

結婚後しばらくして、『経理の仕事をやってみないか』と言い出されたときは、とても嬉しかった。

実家の兄にも両親にも、『女が数学など学んでどうするんだ』と渋い顔をされていたのに、ジェイクだけは自分を否定しないのだと、震えるような喜びを感じた。

けれど今は、ただ単に、ジェイクはエレノアの数字処理能力だけを必要としていたのではないかと思う。

優秀な人材をただで雇えると思ったからこそ、自分と結婚したのだと決めつけるのは、さすがに穿ちすぎだろうか。

(別に、それでも構わないけど。仕事自体は好きだし、能力を認められるのはありがたいことだし、ジェイク様には何不自由ない生活をさせてもらってるんだし——……)

そう言い聞かせても、自分たちが歪な夫婦であるという事実は変わらなかった。

ジェイクが悪いのではなく、きっと非があるのは、女らしい魅力に欠けたエレノアのほうだ。

「旦那様、奥様。馬車の用意ができております」

声をかけてきたのは、この家の執事のランドルフだった。

白黒まだらの髪を撫でつけ、口髭もきっちりと整えた、恰幅のいい老紳士だ。

先代のラヴィエル伯爵にも仕え、すでに何十年も屋敷を取り仕切ってきたベテラン執事は、着るものさえ改めれば、どこぞの大人物のようにも見える威厳と風格を備えている。

――そのはずなのだが。

「ランドルフ。それはまだ治らないのか？」

ジェイクが鹿爪らしい表情で尋ねた。

「は。始まってから、今日で三日目です。見苦しいものをお見せして、大変申し訳ございません」

恐縮するランドルフは、主人夫妻の目の前で、左右にぷりぷりと尻を振る奇妙なダンスを踊っていた。

彼の意思でやっていることではなく、体がどうしようもなく勝手に動いてしまうのだ。

「なんとも厄介なものだな。《魔女の気まぐれ》というやつは」

「私もこんな歳になって、《気まぐれ》が発動するとは思いませんでした」

情けなさそうに答えるランドルフから、エレノアは震えて顔を背けた。

主に似て真面目で厳格なランドルフが、腰を落として尻を振りたくっているのは、どうしたって噴き出さずにいられない光景だ。

(でも、駄目よ。《魔女の気まぐれ》は不可抗力なんだから、笑ったりしたら悪いもの)

エレノアは唇を噛み、笑いの衝動を堪えた。

《魔女の気まぐれ》とは、この国独自の「システム」において、稀に発生する「エラー」――古めかしい言葉で言うなら「呪い」のことだ。

他国では徐々に数が減りつつあるが、ここラスターニャ王国では、いわゆる魔女という存在が、街頭の占い師感覚で受け入れられていた。

彼女たちは生まれながらに備わった魔力で、獣の声を聞き、病を癒やし、ときに箒に乗って空を飛ぶ。

五百年ほど前には、宗教庁が権威を示すべく、魔女たちを異端者とみなして粛清に乗り出した時代もあった。

しかし一方的な魔女狩りの報復として、大規模な疫病の流行や、都を焼き払われるなどの犠牲を払った結果、当時の国王と魔女たちは盟約を結んだ。

魔女は他者を害するために魔力を用いてはならず、また人間側も、謂れなく魔女を迫害してはならない。

この誓いのもと、時に小さな軋轢はあったものの、両者は概ねうまく共存してきた。

そもそも魔力とは、偶発的に顕現する隔世遺伝的な能力だ。

魔女の娘が必ずしも魔力を持つわけではないし、普通の人間の両親の間に魔女の子が生まれることもある。

そういう意味ではかなり身近な隣人で、最盛期には、ひとつの町に二、三人の魔女が住んでいたとも言われている。

さすがに今はそれほどの割合ではないものの、瓦斯灯が夜の闇を照らし、汽車が線路を走る時代になっても、人と魔女は共に寄り添って生きていた。

その例のひとつとして、赤ん坊が生まれると、親は子供を魔女のもとへ連れていく。

あくまで任意ではあるものの、《魔女の祝福》という名のまじないをかけてもらうのだ。

そこで授けられるのは、「決して足が攣らないように」だの「一生、蚊に血を吸われることがないように」だの、便利といえば便利だが、あくまで些細な守護だった。

大病や死を避けることはできない代わりに、まじないの効力は永遠に続く。

その一方で、術者本人にも関知しえない弊害もあった。

ごくたまに、《祝福》を受けた人間のうちに、《魔女の気まぐれ》と呼ばれる呪いが生じてしまうのだ。

予防接種の副作用のようなもので、見舞われる時期も現象も人それぞれ。

しかしこれも、さほど恐れる必要はなく、「後ろ向きにしか歩けなくなる」「男なのに女声に変わる」程度の呪いで、期間は短くて一日から、長くて半年ほど。

ランドルフの奇行も、その《気まぐれ》の一種だった。

滑稽かつ不便ではあるが、発現時期を終えたのちは普通に生活できるので、周囲の人々はそういう災難として受け入れている。

「ところで、ランドルフ。あなたの《祝福》はなんだったの？」

「『うっかり皿を落として割らない』です」

エレノアの問いに、ランドルフは相変わらず尻を振って答えた。

「でしたら、給仕の仕事が向いているのではないかと思いまして。十八のときに従僕として働き始め、現在に至っております」

「それは、なかなか素敵な《祝福》ね」

少なくとも実益に結びついていると褒めると、ジェイクも同意するように頷いた。

せっかくだからと、エレノアはやや緊張しつつ話しかけた。

「私の《祝福》は、『しゃっくりが必ず十回以内で止まる』なんですが……ジェイク様の場合は、どういったものですか？」

「俺は『深爪をしない』だ」

「それは、かなりささやかですね」

「ささやかだろう」

ジェイク自身はにこりともしないが、業務連絡以外の会話は久々で、エレノアはひそかに嬉しくなった。

(ジェイク様のことを、これでまたひとつ知れたわ)

もっと夫と親しみたいと願いつつ、男性へのアプローチの仕方などまるでわからないエレノアは、こういった私的な話ができる機会をとても大切に思っていた。

ロクスバーン侯爵家の大広間は、シャンデリアの光が乱反射し、きらびやかな黄金色に彩られていた。

思い思いに着飾った招待客は皆、それなりの地位を持つ貴族ばかり。

生演奏の音楽が流れる優美で洗練された空気の中、広間の一角では、いささか場違いな会話が交わされていた。

「それでは、ラヴィエル伯爵。もうじき小麦の売値は格段に下がるということかね?」

「はい。年明けに貿易協定が改正され、他国からの輸入品が今以上に流れ込んでくることになりますので」

夜会の主催者であるロクスバーン侯爵は、高齢だが先進的な人物だ。

地代収入だけで暮らしていくことが主流の貴族社会において、ジェイクのように商(あきな)いをしている者は、「浅ましい」「伝統破りだ」と低く見られることもある。

だがロクスバーン侯爵は、多くの招待客の中からジェイクを捕まえ、様々な話を聞きたがった。

「これからは貴族といえど自活の道を探るべきだ」というのが侯爵の主張で、領民思いで知られる彼は、顎髭を撫で、懸念の表情を浮かべた。

「外国製の安い小麦が市場に出回るということか。それに伴い、我が国も少なからず打撃を被ることになるのだろうな」

「現段階での損失の予測は——どうだったかな、エレノア」

ジェイクの後ろに立っていたエレノアは、話を振られて瞬時に脳内の算盤を弾いた。

「私の計算では、国産小麦の消費量は三割減というところです。引き下げられる関税率が十五パーセントであることから、外国製の小麦粉一袋あたりの仕入れ値がおよそ六百レリルとなり、さらにその卸値が——……」

具体的な数字を交えて予測を述べるエレノアに、ロクスバーン侯爵は目を丸くし、それから声を立てて笑った。

「なるほど。こちらが噂の奥方か」

それがろくな噂でないことくらい、エレノアにはわかっていた。

『女のくせにガリ勉で頭でっかち』

『いつでも垢抜けない恰好をしていて、可愛げというものが微塵もない』

今まで何度も陰口を叩かれ、世間的な自分の評価とは、そういうものなのだろうと納得している。

けれどロクスバーン侯爵の笑い声には、厭味がなかった。珍しい生き物を見るような好奇心は浮かんでいるが、正面切って眉をひそめられないだけありがたい。

「うちの領内では、半数以上の農家が小麦を育てているんだ。どうしたものかね、ラヴィエル伯爵」

ロクスバーン侯爵の問いに、ジェイクは少し考え込んでから答えた。

「もし土地に余裕があるのでしたら、領地管理人とも相談して、養豚業に切り替えていくのはいかがでしょう」

「養豚？　何故かね」

「収穫に一年かかる小麦と違い、食用の豚はほぼ半年で出荷できます。牛や羊のように繁殖時期も限られていません。経験のないうちは大変でしょうが、確か、ローガン伯爵が直営の養豚業を始めて軌道に乗っていたはずです」

「ほう。それはぜひ、一度話を聞きたいものだな」

「よろしければ機会を設けましょうか。ローガン伯爵とは、私の父が懇意にしておりましたので」

「それは助かる。ありがとう、ラヴィエル伯爵」

上機嫌の侯爵に握手を求められ、ジェイクは真顔で応えていた。

経営者として愛想がいいに越したことはないのだろうが、彼には時流を読む目があり、実直な人柄が周囲から信頼されている。

今のように、直接の利益に繋がるわけではないときでも、なるべく相手の立場に立って、自分にできることを考えるのだ。

もともと貿易会社を興したのは、ジェイクの父にあたる先代のラヴィエル伯爵だった。

彼はそれを引き継いだ形になるのだが、学生のうちから父親の補佐をし、日々の学びと情報収集を欠かさず、今では会社をより大きなものにしている。

ジェイクのそういった誠実さや、溢れる向上心を知るにつれ、エレノアは夫を尊敬せずにはいられなかった。

事業を拡大させることが彼の夢なら、自分も経理担当として力になりたい。

女として求められることはなくとも、せめてビジネスパートナーとして。

そんなふうに考えていたところで、侯爵と話を終えたジェイクが、こちらを振り向いて眉をひそめた。

「――顔色が悪いな」

「え？」

「かなり疲れているように見える。座って休ませてもらってはどうだ」

ジェイクの気遣いに、エレノアは戸惑いつつもほっとした。

実はさっきから、コルセットと一体になったビスチェがきつくて呼吸が苦しかったのだ。

それというのも、

『奥様は、腰だけなら折れそうに細いですが、お胸のボリュームが足りませんからね』

着付けを手伝うノーマに、わずかな肉を腹から背中から寄せ集められ、

『はい、お前は胸。ちゃんと胸のふりをして化けるんだよ、わかったね』

と、偽乳(にせちち)相手に言い聞かされてしまった結果である。

おかげでエレノアの胸元は普段よりこんもりと膨らんでいるが、ビスチェのワイヤーがぎりぎりと食い込み、痛みと圧迫感に眩暈(めまい)を覚えかけていた。

「俺はもう少し挨拶をしてくるが、構わないか」

「もちろんです。ご一緒できなくて申し訳ありません」

人々にまぎれる夫の背中を見送りながら、エレノアは情けなくなった。

せっかくここまで来たのに、一人で休ませてもらっていては、夫婦同伴の意味がない。

もっとも自分がそばにいたところで、何が変わるとも思えなかった。

初対面の相手と打ち解け、人脈を広げるような器用な真似はできないし、女性ならではの魅力で場を華やがせることもできない。

（やっぱり、私は役立たずだわ……）

しおしおとしつつ、休める場所を探してさまようエレノアの肩に、誰かがすれ違いざまにぶつかった。

「おっと、失礼。……おや？　なんだ、君も来てたのか」

顔をあげたエレノアは、身を強張らせた。

「ウォルター様――」

声をかけてきたのは、癖のある赤毛を撫でつけ、前髪の一部だけをわざとらしく垂らした、いかにも気障（きざ）な青年だった。

サフォーク家の伯爵令息、ウォルター。エレノアにとって浅からぬ因縁のある相手だ。

（こんなところで会いたくなかった……）

嫌悪を表に出さないよう、エレノアは唇を固く引き結んだ。

一方のウォルターは、気まずさのかけらもないかのように、口元をにやつかせている。

そんな彼には連れがいた。

ローズレッドのドレスを着こなした金髪の美人で、ウォルターにぴったりと寄り添って腕を組んでいる。

「こちらはどなた？　ウォルター、紹介してちょうだい」

「アストレイ子爵のところのエレノア嬢だよ。いや、今はもう結婚して人妻になっているんだったかな？」

「あら。じゃあこの方が、ウォルターの元婚約者だってこと？」

嫉妬を滲ませるどころか、噴き出すのを堪えるような顔つきで、彼女はエレノアに向き直った。

「初めまして、エレノアさん。もう婚約を解消されているのなら、はっきり申し上げて構いませんわよね。あたくし、ウォルターの恋人のリナリーと申します」

「……初めまして」

リナリーの笑顔は、自（みずか）らの美貌を傲然と誇る力強さに溢れていた。社交界きっての色男を自称するウォルターとは、実に釣り合いの取れたカップルだ。

（ウォルター様にはやっぱり、こういう人のほうがお似合いなのね）

負け惜しみではなく、エレノアは淡々とそう思った。

かつてほんの一時期だけ、エレノアはこのウォルターと婚約していた。

十代の終わりになっても、結婚の気配はおろか、恋文の一通も届かない娘に業（ごう）を煮やした父親が、あらゆる伝手（つて）を辿り、なけなしの持参金を弾むからと拝み倒して引っ張ってきたのが彼だったのだ。

しかしこれは、互いにとって不幸な組み合わせでしかなかった。

多くの美女と浮名を流すウォルターの好みから、エレノアは明らかに外れていたし、知性に欠ける彼を生涯の伴侶として崇めるのは、こちらとしても難しすぎた。

何せウォルターは、二十年以上生きてきて、家庭教師に押しつけられた教材以外、本というものを一切読んだことがないと恥ずかしげもなく言い切ったのだ。

どうしたものかと困惑していたところ、先手を打たれるように、エレノアはあっけなく振られた。

『持参金に色をつけてもらえるなら妥協しようと思ったけど、やっぱり無理だ。君みたいな面白みのない女と結婚したら、僕の人生はお先真っ暗に決まってる』

げんなりしたウォルターの言い分には、さらに続きがあった。

『悪く思わないでほしいね。貴族の男たるもの、連れ歩いて恥ずかしくない妻を娶りたいと思うのは当然のことだろう？』

その理屈は百歩譲ってわかるにしても、そんな暴言をわざわざ浴びせてくる非礼さは、到底理解できなかった。

その後、何日ももやもやと考え続け、エレノアはひとつの結論に至った。

（私は綺麗じゃないし、一緒にいて楽しい人間じゃないのも事実だけど。そういう女になら何を言っても構わないと思っている男性が、この世には存在するんだわ）

婚約が駄目になったことよりも、その残酷な真実にこそ、エレノアは傷ついた。

そもそもウォルターの主張では、妻とは周囲に見せびらかすためのアクセサリーに過ぎず、人格や教養などどうでもいいということになる。エレノアだけではなく、すべての女性に対して失礼極まりない。

　そんな彼と思いがけず再会し、胃の底がむかむかした。とにかく一刻も早く、ウォルターの顔が見えない場所まで立ち去りたい。

「お元気そうで何よりです。それでは」

「待ちなよ、エレノア」

　すでに完全なる赤の他人なのに、ウォルターは馴れ馴れしくエレノアを呼び捨てにした。

「せっかくだから挨拶をさせてもらおうか。君の御主人はどちらかな？」

　一体何を言い出すのかと、エレノアは訝（いぶか）しんだ。

　ジェイクには、ウォルターとの関係は話していない。

　新聞の社交欄に載るのを待つまでもなく、ほんの数日で解消された婚約など、お互いになかったことにしたいはずなのに。

「今は、向こうで仕事の話をしていますので」

　ジェイクとウォルターを会わせたくなくて、エレノアはお茶を濁した。

　ウォルターがわざとらしく目を見開き、感心を装ったように頷く。

「ああ、そうか。君の御主人のラヴィエル伯爵は、貿易会社をやっているんだっけ。毎日あくせく働いて、いやぁ、実に頭が下がるね。怠（なま）け者の僕にはとても真似できないよ」

「いいじゃない、ウォルター。下品な労働者階級の人たちなんかに交ざらなくても、ちゃんと暮らしていけるだけのお金が、あなたのお家にはあるんだもの」

　これみよがしに笑うリナリーに、エレノアはむっとした。

　働く人間が下品だというのなら、初対面の人間の前で金銭の話をすることも、決して上品とは言えないはずだ。

「また機会がありましたら。――失礼します」

　エレノアは会釈してその場を離れたが、声をひそめもしないウォルターたちの会話は、否応なく耳に入ってきた。

「どうして御主人に挨拶したいだなんて言ったの？」

「だって、気にならないか？　あんな女を押しつけられた不幸な男はどんな奴か」

「あんな女って……ひどいわよ、ウォルター」

「どうしてさ。君だって笑いを堪えてただろう？　蜘蛛(くも)の巣でも張ってそうな、もっさりしたあのドレス！　髪飾りも首飾りも、僕と見合いをしたときとまったく同じものだったんだよ」

「まさか、それしか持ってないってこと？　御主人が会社を経営してるっていっても、やっぱり内情は火の車なのね」

「ああ、きっとそうなんだろうな。まぁ、たとえ金があったところで、センスのかけらもない彼女じゃ、ろくな装いもできないだろうが」

「あんな人と一瞬でも婚約させられたあなたに同情するわ、ウォルター」

「いいんだよ。今は君という美しい人と出会えたんだから。同情されるべきなのは、外れクジを摑まされたラヴィエル伯爵だろう」

「私、今度お友達に会ったら、きっと黙っていられないわ。ラヴィエル伯爵っていえば、なかなかの美形だって評判だけど、あんな人と結婚しなきゃいけないなんて、何か弱味でも握られてたのかしら？」

「おいおい、僕の前で他の男を褒めるなよ。だけど、本当にそうかもな。何か面白い話がないか、僕も仲間内で訊いておくよ」

エレノアは足を止め、握り込んだ掌に爪を立てた。

怒りと屈辱に頭がくらくらしたが、それは己が馬鹿にされたからではなかった。

(ジェイク様のことまで、好き勝手に言わないで……！)

自分一人が悪し様に言われるのには慣れている。

けれど、夫のことまで面白半分に揶揄されるのが、エレノアには我慢できなかった。

清廉で潔癖そのもののジェイクは、博打はおろか、飲酒や喫煙とも無縁で、後ろ暗い弱味などあるわけもない。

貿易会社の経営は順調で、ラヴィエル家は充分に潤っている上、病院や孤児院に出資する福祉活動にも貢献している。

けれど、ウォルターたちのように卑しい人間には、そんなことはどうでもいいのだ。彼らは無責任にありもしない虚像をでっちあげ、それこそが真実だと声高に吹聴して回る。

その悪辣さに焦れる反面、エレノアは胸元をぎゅっと押さえた。

(私のせいで、ジェイク様に恥をかかせてしまった――……)

こんなにも心が乱れるのは、その一点だけは間違いのない事実だからだ。

誰にも馬鹿にされるいわれなどないジェイクが、自分という妻のせいで、不当に貶められている。

これまでたまたま耳に入ってこなかっただけで、似たような誹謗中傷をする人間は、ウォルターの他にもいるのかもしれない。いや、きっといるのだろう。

そう思うと、この場にいるすべての人から嗤われている気がして、膝が震えた。

ジェイクに迷惑をかけたことが恥ずかしくて申し訳なくて、今すぐ消えてなくなりたい。

身の丈に合わない夜会になど、やはり来るのではなかった。

本当にこのまま帰ってしまおうか――そう考えたとき、背後で不穏などよめきがあがった。

「大変だ、早く医者を！」

「おい、大丈夫かね。しっかりしなさい！」

緊迫した声が重なり、我に返ったエレノアは、騒ぎの中心に目を向けた。

(急な病人でも出たのかしら)

遠くのほうに人垣ができているようだが、ここからだと何が起きたのかわからない。

屋敷の従僕がせかせかと歩き回っていて、エレノアを見つけるなり、慌てた様子で近づいてきた。

「ラヴィエル伯爵夫人でいらっしゃいますか」

「ええ、そうですが」

「どうぞこちらに。ラヴィエル伯爵が、突然お倒れになったのです」

「え――?」

エレノアは大きく息を呑んだ。

まさか、そんな。

さっきまで彼は、ロクスバーン侯爵と普通に話をしていたのに。

従僕のあとについて、人波が割れる中を、エレノアは足早に進んだ。

多くの人々の注目を浴びながら、ジェイクは床に倒れ込んでいた。すぐそばにロクスバーン侯爵が膝をつき、心配そうに覗き込んでいる。

「ジェイク様!」

エレノアは血相を変え、夫のそばに駆け寄った。

彼の手を握ると、ひどく熱い。

急いでその額にも触れると、炭火に手を翳したように高い熱を持っていた。

どれだけ呼びかけても閉じた瞼は開かず、荒い息をついている。

痙攣したり泡を吹いたりといった症状はないが、結婚以来、ジェイクは風邪ひとつひいたことがなかったから、エレノアは余計に動揺した。

「落ち着いてください、夫人」

エレノアを宥めるように、ロクスバーン侯爵が問いかけた。

「彼はここに来るまで、気分が悪そうだったりしましたか？」

「いいえ、気づきませんでした」

「ラヴィエル伯爵に、何か持病は？」

「ありません。……ないはずです」

エレノアはただ、力なく首を横に振るばかりだった。

その内心では、激しい自責の念が渦巻いていた。

(私が何か、重大な兆候を見逃していた？　大きな病気にかかっているのに、ジェイク様はそれを隠していたの？)

自分がいたらない妻だから、共に暮らしていても何も見えていなかったのではないか。

エレノアのことを、人生を預けるに値しない相手だと思ったから、ジェイクは何も話してくれなかったのかもしれない。

(だって私は、ジェイク様を不幸にする妻で。私さえいなければ、ジェイク様はもっと素敵な女性と結婚していて。誰にも笑われることなんてなくて、そうしたら、こんなふうに倒れるようなことも――……)

　普段のエレノアらしくもない、非論理的な思考だった。

大切な人を失うかもしれない恐怖に取り憑かれ、それだけ混乱していたのだ。

「お願いです、ジェイク様……」

夫の頬に触れ、エレノアは震える声で囁いた。

「どうか、目を開けて。死なないでください。元気になって、そうしたら」

彼の幸せだけを願い、エレノアは胸中で誓った。

(――そうしたら私は離婚して、あなたを解放して差し上げますから)

2章　無口の裏の殺し文句

ロクスバーン邸での夜会で倒れた日から、ジェイクは昏々と眠り続けた。

往診に来た医者いわく、この高熱はまったくの原因不明ということだった。

今すぐにどうこうというような状態ではないが、このまま熱が下がらなければ徐々に体力が損なわれていき、最悪の事態に至る可能性もあるという。

昏睡状態に陥ってから一週間が経つが、ジェイクは一度も食事をしていなかった。

口元に水差しを近づけると、三度に一度は反射のように飲んでくれるので、蜂蜜を溶いた白湯を与える。それが摂取する栄養のすべてだ。

他にできることといえば、体の汗を拭き、寝間着を着替えさせて、回復を天に祈るだけ。

次第に痩せ衰えていくジェイクを見守ることしかできない状況に、エレノアの胸は不安できりきりと締めつけられた。

「奥様、そろそろ交替しましょう」

新しい氷嚢(ひょうのう)を運んできたノーマがそう申し出た。

「さすがに少しは休まれないといけません。旦那様に何かあれば、すぐにお呼びいたしますから」

「でも」

ジェイクのそばを離れようとしないエレノアに、ノーマは焦れたように言った。

「奥様だって、今にも倒れそうな顔色でいらっしゃいますよ。これ以上、この屋敷に病人を増やすわけにはいかないんです」

「……じゃあ、隣の部屋にいるから」

半(なか)ば強引に追い立てられ、続き間に移動したエレノアは、ソファに身を横たえた。

気が張っていたせいで眠気など感じていなかったが、肉体は自覚する以上に疲れていたらしい。

瞼が急速に重たくなって、眠りに落ちたエレノアは夢を見た。

――まだ十歳の少女だった頃、自分が普通とは違うことを、初めて意識させられたときの夢だった。

◆　◆　◆

その日、アストレイ子爵家の庭園では、にぎやかなガーデンパーティーが催されていた。

普段は寄宿学校で過ごしている跡取り息子のルーカスが、夏の休暇で戻ったついでに、友人たちを屋敷に招いたのだ。

『エレノアも参加するんだぞ。姉や妹を連れてきてる連中もいるから、きっと仲良くなれるよ。お前は女の子の友達をちゃんと作ったほうがいい』

ルーカスにはそう言われたものの、エレノアは気乗りしなかった。

女に学問はいらないという考えの両親は、エレノアを女学校にも通わせてくれないし、女家庭教師さえつけてくれない。

もっとも、良妻賢母を育てる貴族令嬢のための学校では、ダンスと刺繍と楽器と、あとはせいぜい外国語を学ぶ程度だ。できることなら数学者になりたいというひそかな希望を、叶えてくれる場所はどこにもなかった。

独学で勉強を進めるエレノアにとって、頼りにできる教師は兄しかいない。

彼が家にいてくれるのなら、朝から晩まで図書室にこもって質問責めにしたいのに、ガーデンパーティーなどに時間を割かれてしまうとは。

しぶしぶながら庭に出て、少女たちの集まるテーブルについたエレノアだったが、ノートと鉛筆を携えていくことは忘れなかった。

『エレノアさん、何をしているの？』

『バルカスの公式の応用で、この等比数列の和を求められないか試してるの』

歳の近い少女たちが、お茶やお菓子を味わいながら会話に花を咲かせていても、エレノアはノートに鉛筆を走らせ続けた。呆れられていることはわかっていたが、あと少しでひらめきが降りてきそうだったのだ。

黙々と問題に向き合っていると、あらゆる雑音が遠ざかり、頭の芯が澄んでいく。

無秩序に並ぶ数字の中にも、目には見えない美しい決まりがあって、これまでに多くの数学者たちが、何百年とかかってそれらを見出(みいだ)してきた。

単なる机上(きじょう)の理論に過ぎないといえばそうだが、それらの真理に至るまでには、海に落ちた一粒の砂金を探し抜くほどの根気が必要だ。

連綿としたその歴史を思うとき、エレノアは恍惚(こうこつ)にも似た感動を覚える。

しかも数字は、人間のように気まぐれではない。

解を導く方法は複数あっても、答えは常にひとつきり。

幾通りもの解釈が許される文学や芸術はどう楽しめばいいのか当惑するが、数学は唯一無二の潔い正解を探せばいい。

代数を当てはめて、複雑な図形には補助線を引いて、仮定と結論を推理して、計算して、計算して、計算して――。

『紅茶が冷めるわよ、エレノアさん』

『このチェリーパイもとっても美味しいのに』

（ああっ……）

エレノアはほとんど絶望した。

もう少しで何かが摑めそうだったのに、少女たちに話しかけられて集中が途切れてしまった。

あとでゆっくり解けばいいのだが、正解を目の前におあずけを喰らうのは、喉に魚の小骨が刺さったように気持ちが悪い。

エレノアはすっくと立ち上がり、兄が友人たちと歓談しているテラスに向かった。

『お兄様！』

『エレノア。どうしたんだ？』

ルーカスをはじめとする少年たちが、いっせいにエレノアを見た。集まったのは兄の同級生ばかりだというから、全員が十四歳だろう。

『へぇ。ルーカスの妹かい？』

『いくつかな、お嬢ちゃん』

好奇の目に晒される中、エレノアは挨拶もそこそこに、兄にノートを差し出した。

『教えて、お兄様。この問題がわからなくて……途中までは解けそうだったんだけど』

『勘弁してくれよ、エレノア』

　ルーカスは辟易したように、首を横に振ってみせた。

『幾何はともかく、僕はそれ以外は苦手なんだ。それにどのみちお前は、僕が学校で習ってることより、ずっと先のレベルの問題をやってるんだろう？』

『どれどれ？　うわっ、本当だ』

『こんな複雑な問題、うちの学校の試験でも出てこないぞ』

　兄の友人たちは驚き、色めきたった。

『エレノア、君はすごいなぁ』

『こんなに賢いのに、学校には行ってないの？　もったいない』

『俺たちの宿題を代わりにやってもらいたいくらいだよ』

　口々に誉めそやされ、頭をくしゃくしゃと撫でられても、エレノアは誇らしいどころか、もどかしさが募るばかりだった。

　ここには十人近い人間がいて、彼らは自分より四つも年上なのに、誰もこの問題が解けないとは。

『……もういいです。すみません、お邪魔しました』

　頭を下げて元のテーブルに戻ると、エレノアを迎えたのは、少女たちの冷ややかな視線だった。誰もが菓子を摘む手を止め、じっとりとこちらを睨みつけている。

これにはエレノアも戸惑った。

『そういうことなのね、エレノアさん』

ピンクのリボンをいくつも頭に飾った少女が、腕を組んでふんと鼻を鳴らした。確か名前はシャーリーだか、シェルリーだったか――。

『女の子のくせに、こんな場所でわざとらしく勉強なんかしてみせたのは、お兄様たちの気を惹きたいからだったのね』

エレノアは完全に呆気にとられた。

心の底から何を言われているのかわからなかったが、彼女の決めつけを皮切りに、少女たちは口々にエレノアを責め立てた。

『シャーリーさんのお兄様に、頭なんか撫でられちゃって』

『あの方は次期エリオット侯爵なのよ。社交界デビューもまだなのに、今からあんなやり方で印象づけるだなんて、はっきり言ってずるくない？』

『大体、いくら子供だからって、淑女の自覚が足りないわ。男の人たちの輪の中に、図々しく混ざり込むなんて』

『数学が得意なだけあって、さすがに計算高いのね』

『まぁ、それはちょっと言いすぎよ』

一番初めに文句を言い出したくせに、シャーリーは白々しく窘（たしな）めた。

『お兄様たちだって、ただちょっと珍しがってるだけよ。――常識外れの変な子だって』

途端、少女たちは身をよじってどっと笑った。

『本当に。女なのにそんなに勉強して、何になるのって話よねぇ』

『あなた、ピアノは弾ける？　刺繍は？　ダンスは？　――あらぁ、なんにもできないの。それじゃお話にならないわ』

『シャーリーさんのお兄様に取り入ろうとしたところで、無駄よ。あなたみたいなおかしな子に、代々続くエリオット家の女主人なんて務まるわけないもの』

言い返すこともできず、エレノアはただ圧倒されていた。

憎々しげに罵られ、見下すように笑われて――それほどに悪いことを、自分はしたのだろうか。

（……お腹が痛い）

傷んだものを食べたわけでもないのに、胃の底がしくしくする。

エレノアは胸にノートを抱え、無言で踵を返した。平然と歩き去るつもりだったのに、気づけば逃げるような駆け足になっていた。

――いや。このとき、エレノアは確かに逃げたのだ。

意地悪な言葉をぶつけてくる少女たちから。

シャーリーのような「女」と共存するための努力から。

好きなものを捨てて、一般的な女性らしさを取り繕ったところで、仲間に入れてもらう先があんな集団だと思うと、恐ろしくて虚しくて。

（私は、私のままでいる）

悔しさに唇を噛みながら、耳の奥にこびりつく嘲笑を振り切るように、エレノアはやみくもに走った。

（女としての幸せなんていらない。結婚なんてできなくても構わない。そのかわり、私は絶対自分を曲げたりしない。好きなものを手離したりしないいんだから――……）

◆　◆　◆

「奥様っ！」

切羽詰まったノーマの声に、エレノアの短い眠りは破られた。

はっと目を開ければ、興奮に声を上擦（うわず）らせた彼女が、泣き笑いに顔を歪めている。

「旦那様がお目覚めになりました！　熱もすっかり下がりましたよ。これでもう安心です」

「本当に⁉」

エレノアは弾かれたように隣室へと飛び込んだ。

寝台の上ではジェイクが半身を起こしており、エレノアの気配に首を巡らせたところだった。

「……ジェイク様」

エレノアはそろそろと近づき、夫の顔を覗き込んだ。

深みのあるダークグレイの瞳は、熱の名残に濁ってもおらず、エレノアをまっすぐに見返した。

「よかった……心配しました」

冷たい氷のようだった恐怖が安堵にゆるゆると溶けていき、この世のあまねくものに感謝を捧げたくなる。

しかしそれは、先日の決意を告げる時が来たということでもあった。

(私がそばにいる限り、ジェイク様はずっと、いらない恥をかく羽目になる――)

彼の評判を落とし、社交の役にも立たない妻など、とっとと離縁されたほうがいい。

ジェイクの幸福を願うなら、自分は一日でも早く身を引くべきなのだ。

もしも経理としてまだ使ってもらえる余地があるのなら、単なる従業員として、誰より熱心に働こう。これまで迷惑をかけた分、破格の低賃金で構わないから。

「あの、ジェイク様。のちほど大事なお話が」

「俺も君に話がある」

途中で言葉を遮られ、エレノアは瞳を瞬かせた。

ジェイクの重々しい眼差しにたじろぎ、もしやと思う。

（ひょっとして、ジェイク様のほうからも、離婚をしたいっておっしゃるんじゃ）

彼としても、生死の境をさまよったあとだ。

どうせ拾った命なら、義理と形式だけの結婚生活に終止符を打ち、真に愛情を抱ける相手とやり直したいと思っても不思議ではない。

「……何を言われても受け入れます」

エレノアは殊勝に覚悟を決めた。

こうして正面から彼を見つめるのは最後になるかもしれないと思いながら、ジェイクが口を開くのを待ち受ける。

果たして、彼はこう告げた。

「エレノア。君は今日も輝くばかりに可愛いな」

「わかりました。すぐに荷物をまとめて出て行きます。慰謝料なんていりません。むしろ私がお支払いしたいくらいで――……って」

ちょっと待て、とエレノアは口を噤んだ。

自分の耳がなんだかおかしい。

聞こえるはずのない言葉が、そんなことを言うはずもない人の口から聞こえてくるなんて、こういう症状も難聴の一種なのだろうか。

「見ているだけで癒やされる。これほどまでに素晴らしい女性を妻にできるだなんて、俺は前世でどんな徳を積んだんだろう。いや、むしろ、俺自身が神なのかもしれない。こんなにも美しい天使と共にいられるのだから」

「すみません、ジェイク様。私、さっきから難聴で」

耳をぽんぽんと叩きながら、戻れ聴力、と念じていたときだ。

「だっだっだっ、旦那様！　一体どうなされたんですか!?」

エレノアの背後で、ノーマが信じられないものを目にしたように、巨体をわなわなと震わせていた。

「朴念仁(ぼくねんじん)の旦那様が、そのような愛の言葉をおかけになるなんて……！　奥様の献身的な看病に心を打たれたんですね？　そうでしょう!?」

「え？　今の、ノーマにも聞こえていたの？」

「はい、もちろん！」

ノーマに勢いよく頷かれ、エレノアは急速に青ざめた。この事態はただごとではない。

「すぐにお医者様を呼んで！」

「ですが、ご病気はもう治られたんじゃ」

「治ってないわ！」

ジェイクがエレノアのことを『可愛い』と言った。『美しい』とも言った。

けれど、そんなことはありえないのだ。

結婚して一年が経っても、ジェイクはどこまでも硬派で、妻を褒めるようなことは一度もなかった。そもそも、褒められるような容姿をしていないのだから当たり前だ。

「ジェイク様は目か頭がおかしくなったの。そうじゃなきゃ、こんな馬鹿なこと」

「ひどいな、エレノア」

ジェイクは悲しそうに溜め息をついた。

「だが、ある意味、おかしいというのは間違いじゃない。俺はエレノアに首ったけで、君という存在なしでは一日も生きていられないくらい――狂乱するほどに愛しているから」

「ひぃぃっ!?」

全身が一気に粟立った。

なんだこれは。誰だこれは。

自分の知る真面目で朴訥(ぼくとつ)で不愛想なジェイクは、どこへ消えた。

「あなた、ジェイク様の偽者ね!?」

「何を言うんだ、エレノア」

「でなきゃ双子の弟とかでしょう？　一体いつ入れ替わったの！　人をからかうのもいい加減にして！」

　パニックになったエレノアは、そばにあった枕をひっ摑み、ジェイクの顔をした誰かの頭をばしばし殴った。

　これほどの大声を出したことも、他人に乱暴を働いたことも、二十一年の人生の中で初めてだ。

「私のジェイク様は、私が結婚したジェイク様はね」

「っ、待て、エレノア……ぶふっ！」

　枕の羽毛が舞い散る中、エレノアの絶叫は屋敷のすみずみにまで響き渡った。

「天地がひっくり返ったって、そんな気持ちの悪いこと言うわけないんだから――！」

　それから三日後。

　ラヴィエル伯爵邸には、いくぶん毛色の変わった女性客が訪れていた。

「あー、うん。これは《魔女の気まぐれ》だわ。間違いないわ、確かだわ」

　応接室のソファに座ったジェイクの瞳孔を覗き込み、舌の色を確かめ、手首の脈を取るその人物は、医者ではない。

かつてジェイクに《魔女の祝福》を授けた張本人で、名をヴィヴィアナという。

(それにしても、目立つヒト……)

ただの人間とは違う証に、ヴィヴィアナの瞳は玉虫色がかった紫色で、コットンキャンディのようにふんわりした巻き毛は、目に鮮やかなチェリーピンクだった。

何よりも特徴的なのは、彼女の外見年齢だ。

今から二十五年前に誕生したジェイクと出会っているにもかかわらず、ヴィヴィアナはせいぜい十二、三歳ほどの美少女にしか見えなかった。人ならざる身は概ね長命で、歳のとり方もゆるやかなのだ。

魔女といえば真っ黒な三角帽にマントを羽織っているイメージだが、彼女が身に纏っているのは、膝を剝き出しにするほど丈の短いオレンジ色のチュチュドレスだった。

レースのガーターベルトで吊るしているのは、黄色に赤の水玉が散ったストッキングで、先がぴんと尖った革のブーツを履いている。

現代の魔女というのは実にカラフルだ――と圧倒されていたエレノアは、ヴィヴィアナの言葉を一拍遅れて理解した。

「ジェイク様がおかしくなったのは、《魔女の気まぐれ》のせいだということですか？」

熱が下がってからのジェイクは、まるで人が変わってしまった。

エレノアに向かって、頭の沸いた「愛の言葉」とやらを繰り返すこともだが、異変はそれだけに留まらなかった。

これまで文句もなく食べていた食事を『不味くて食えたものじゃない』と扱き下ろしたり、こちらに不利な条件を押し通そうとする商売上の取り引き相手を『どこまでつけあがる気だ、この守銭奴』と罵ったり。

品行方正で礼儀正しかったジェイクとも思えない暴言に、屋敷の人間は騒然とし、商談のいくつかは潰れてしまった。

医者に診せてもやはり原因不明だというし、困り果てていたところ、執事のランドルフが言い出した。

『もしかして、私と同じことが旦那様の身にも起こったのではないですか』

ところかまわず踊らずにはいられない彼のように、《魔女の気まぐれ》が発現してしまったのではないか、と。

そこでエレノアは、ジェイクに《祝福》を授けた魔女を探し出し、急いで迎えの馬車を差し向けた。

そうしてやってきたヴィヴィアナが、これは間違いなく《気まぐれ》の症状だと太鼓判を押したというわけだ。

「呪いの内容は、『心にもない虚言を片っ端から口にしてしまう』とかですか？」

他に可能性が考えられずに尋ねると、「違うわ」とヴィヴィアナはあっさり否定した。

「ていうか、むしろ逆。これは『一切の建前をふっ飛ばして、これまで押し隠してきた本音がダダ洩れになっちゃう』呪いよ」

「――え？」

「つまり、《気まぐれ》が治まるまで、彼は本心しか口にできないってこと。熱が出たのは、アレね。普段のその人とはあまりにもかけ離れた呪いが発動する場合、体が拒絶反応を起こして、具合悪くなっちゃうパターンがあるのよね」

「本音が、ダダ洩れ……？」

エレノアは呆然とジェイクを見つめた。

当の本人は、どこか居心地悪そうに、ソファの上で身を縮めている。

あれからエレノアは、ひたすらに彼のことを避けてきた。

べらべらと甘い（？）言葉を吐き散らすジェイクに寒気がして、本気で頭がおかしくなったか、別人と入れ替わったのだと思っていたのだ。

しかし、目の前のジェイクはまぎれもなく彼自身で、奇妙な発言は《魔女の気まぐれ》のせいで表に出てきた本心だという。

ということは、あの素っ頓狂な口説き文句の数々は――。

「すまない、エレノア」

ジェイクは神妙に頭を下げた。

「君が嫌がっているのはわかっているんだ。だが、口が勝手に動いてしまう。君は昨日も美しかったし、今日も目が潰れそうに眩しいし、明日は愛らしさという概念が爆発して、新たな宇宙がここから誕生するだろう。新世界に降臨した女神エレノアの忠実なる僕として、今すぐここで額ずき、永遠の愛を誓っても構わないだろうか」

「うっわ……これは気色悪いわ」

ヴィヴィアナの表情が露骨に引き攣った。

「彼、生まれたときからむっつりしてて、ほとんど泣きもしない赤ん坊だったのよ。そのくせ、内心はこんなにお喋りで阿呆だったのね。自分でも自覚があったから、あえて無口キャラを貫いてたみたいだけど」

「いつになったら治るんですか⁉」

「そんなのあたしに言われても知らないしー」

すがるように尋ねるエレノアに、ヴィヴィアナは無責任に肩をすくめた。

「《祝福》を授けたのはあたしだけど、《気まぐれ》がいつどんな形で現れるかはわかんないし、終わる時期だって読めないの。黒猫と黒猫を掛け合わせても、突然真っ白な仔猫が生まれちゃうみたいなもんでね」

「そんな……」

「そのうちぱたっと治まるからほっときゃいいのよ。あえて言うなら、またどんな暴言吐くかわかんないし、しばらく仕事は休ませて、屋敷の外にもできるだけ出ないほうがいいんじゃない？」

「そうしよう」

ヴィヴィアナの大雑把なアドバイスに、ジェイクは真顔で頷いた。口数が多くなったとはいえ、表情まで豊かになったわけではないようだ。

「正直、いつも外に出るのが恐ろしかった。エレノアのような美の化身と結婚できた俺は、世界中の男から嫉妬されて、暗殺されてしまうに決まっているから」

「はいはい、勝手に言っててくださーい。……ん？」

ひらひらと手を振ったヴィヴィアナは、エレノアのほうを振り返り、ますます眉間の皺を深めた。

「ねぇ、あんた。なんでそんなに顔が赤いの？」

「えっ……そ、そんなことないですよ？」

「目も泳いでるし、声も裏返ってるし。――もしかして」

見た目に反して老獪（ろうかい）な魔女は、悪戯（いたずら）っぽい上目遣いになり、ずばりと核心を突いてきた。

「旦那に愛されてたってわかって、本当は滅茶苦茶嬉しいの？」

◆　◆　◆

——信じられない。信じられない。信じられない。

乱れっぱなしの鼓動のリズムに乗って、その言葉だけがエレノアの脳内を延々とリフレインしていた。

いつもは無意識に数学の定理や公式をおさらいしているのに、今日ばかりはそれらが入り込む余地もなかった。

（ジェイク様が、私のことを好きだなんて。本心から『可愛い』って思ってるなんて……）

エレノアがもだもだしながら突っ伏しているのは、自室の寝台だった。

ヴィヴィアナにあんな指摘をされた以上、ジェイクの前でどんな顔をすればいいのかわからず、逃げるように引きこもってしまったのだ。

途中、夕食ができたとノーマが呼びにきたが、胸がいっぱいで食べる気になれず、食堂に降りていくこともしなかった。

（ジェイク様は、あんなにも私を愛してくださって——あんなにも——ちょっと気持ち悪いくらいに……）

喜んでいいのか、おぞましがればいいのかわからなかった。

寡黙な美青年の内面が、脳が沸いたとしか思えない口説き文句でいっぱいだったことは、あまりにも残念だ。

しかし、その残念さこそがジェイクの本質であり、《魔女の気まぐれ》が嘘をつけない性質のものである以上、あれらの言葉は彼にとっての真実なのだ。

（……気持ちが本当にしろ、ジェイク様の審美眼がおかしいのは変わらないけど）

動揺しながらも冷静な理性を手離しきれないのが、エレノアのエレノアたる所以である。

いくら褒められたところで、自分が美人だと思い込めるほど、エレノアの思考はおめでたくない。

世の中には、誰から見ても赤い林檎が、緑にしか見えないという人種が存在する。

きっとジェイクもそんなふうに、不美人を美人と見誤る回路を持って生まれた人間なのだ。エレノアと結婚してくれた理由が、これでようやく腑に落ちた。

（私にとっては幸運なことでも、ジェイク様にとってはお気の毒だわ。どうにか美的感覚をまともに戻す方法はないのかしら）

ようやく気持ちが落ち着いてきて、彼の今後を考え始めた、そのときだ。

コンコン、と扉が外からノックされる音がした。

「ノーマ？　いいわよ、入って」

てっきりノーマが、就寝前の着替えを手伝いにきてくれたのだろうと思ったのだが。

「すまない。俺だ」

「っ……ジェイク様!?」

寝台の上で、エレノアは飛び跳ねるように身を起こした。

部屋に入ってきたジェイクは、しみじみと感嘆の溜め息をついた。

「エレノアは、驚いた顔もとびきり可愛いな。君のありとあらゆる表情を画家に描き留めさせて、壁にも天井にも飾っておきたくなる——」

そこまで言ったジェイクは、はっとしたように目を瞠り、自分の頬をぴしゃりと平手で打った。

「な、何をなさっているんですか?」

「気にしないでくれ。エレノアを褒めると気味悪がられるとわかっていながら、止まらない自分が腹立たしくて。君を困らせるのは本意じゃないのに」

「やめてください、痛いでしょう!?」

エレノアは慌てて立ち上がり、ジェイクの右手を押さえた。

「……本当にすまない」

エレノアを見下ろす瞳は、途方に暮れた子供のようなものだった。

出会ってからこれまで、彼のこんな表情は一度も見たことがなかった。

「謝らないでください」

彼を落ち着かせなければと、エレノアは懸命に言い募った。

「ジェイク様は何も悪いことなんてしてらっしゃらないんですから。自分を叩くなんて、そんなこと」

せっかくの綺麗な顔が腫れて台無しになってしまう——と言いかけ、エレノアは言葉を呑み込んだ。

ジェイクの容貌が優れていることは、折に触れて感じていたけれど、彼に直接伝えたことは一度もなかった。

うっかり口にしそうになって、頬がかぁっと熱を持つ。

本当のことであっても、相手をストレートに褒めるというのは、なるほど、確かに恥ずかしい。

「エレノアの手は、すべすべしていて気持ちがいいな……真珠の艶を宿した爪の先に口づけて、練り絹のような手の甲にも、すみずみまで唇を這わせたくなる……」

指と指を絡めながら囁かれ、エレノアは呼吸が止まるかと思った。

詩心などなさそうなジェイクが、内心ではそんな美辞麗句を連ねていたことにも驚くけれど。

（く……口づけたいなんて、正気？）

言葉もなく硬直している様子が、ジェイクの目には嫌悪の表れだと映ったらしい。

「やはり気持ちが悪いんだな」

憂いの表情を浮かべたジェイクは、エレノアの手を離した。

しかしその直後にはもう、

「もっと触っていたかった……」

と、隠しきれない本音が洩れに洩れている。

彼自身も落ち着かないだろうが、ジェイクの発言のひとつひとつに、エレノアの心はぐらぐらと振り回されてばかりだ。

「あの」

このまま彼に喋らせていては、こっちの心臓がもたない。

そう判断したエレノアは、なんとか会話の主導権を握ろうと努めた。当たり障りのない無難な話題に持ち込めば、いちいち命の危険を感じなくていいはずだ。

「今日は、とてもいいお天気でしたね」

「ああ。しかし雨だろうが嵐だろうが、君という輝く太陽がそばにいる限り、俺の心はいつでも明るいぞ」

「犬派か猫派かといったらどちらですか」

「どちらでもないな。この世界上に、エレノアより可愛い生き物は存在しないから」

「有史以来、戦争がなくならないことについて、ジェイク様のご意見は？」

「全人類の数だけエレノアが分裂して、誰もが君と暮らせるようになれば、一人残らず真実の愛を知り、戦争など無意味だということがわかるはずだ。万一にも、己の天使が傷つけられるような事態を招きたいと誰が思うものか。しかしたとえ複製でも、エレノアが誰かのものになると考えると俺がそいつらを殺したくなるから、結局争いはなくならないだろうが」

（……駄目だ、この人）

エレノアは頭を抱えたくなった。

それと同じくらい駄目なのは、こんな言葉ですら、ほんの少し――いや、正直に言えばかなり――嬉しいと思い始めている自分だ。

ジェイクの「本音」は間抜けで、気色が悪いと言えばそうだが、エレノアを本当に好いていることは伝わってくる。

胸の奥に温かな炎が灯り、知らず冷えていた心が溶かされ、彼に求められていることを信じられるようになってくる。

（こんなこと――奇跡だわ）

美しくない自分は、異性に愛されることなど一生ないと諦めていた。

それが今、根本から覆された。

大げさでなく、世界の在り様が一変したような心地だ。

「いつから……」

気づけばエレノアは、ついそう尋ねていた。

「ジェイク様はいつから、私のことをそんなふうに思ってくださっていたんですか」

「それはもちろん、初めて出会ったときからだ」

「お兄様の立ち会いのもとで、結婚を申し込んでくださったときですか？」

それだと本当に一目惚れだということになる。あのときまでエレノアは、ジェイクという人物の存在すら知らなかった。

「いや、違う。――もしかして、君は覚えていないのか？」

ジェイクは大いに傷ついたような目をした。

「俺がエレノアと出会ったのは、今から十一年前だ。寄宿学校時代の夏休みに、ルーカスに招かれて君の家に滞在させてもらったことがある」

エレノアは目を見開いた。

まさに今日、うたた寝をしながら、そのときの夢を見ていた。

「それは覚えていますけど……あのときに、ジェイク様もいらしていたんですか？」

「やはり印象に残っていなかったか」

ジェイクは落胆の溜め息をついた。

「まぁ、そうだろうな。俺は目立つタイプじゃないし、君とは直接言葉を交わしたわけでもなかったから」

（話したわけでもない……なのに、どうして？）

ますます疑問を深めるエレノアに、ジェイクは続けた。

「あの日、君はルーカスに、数学の問題の解き方を尋ねた。ルーカスも他の少年たちも、誰も答えを告げることはできなかった。無論、俺もだ」

ジェイクは歯痒そうな表情を浮かべた。

「自慢をするつもりはないが、俺は寄宿学校ではできるほうだと言われていた。なのに、あのとき君が挑んでいた問題にはまったく歯が立たなかった。焦ったし、悔しかったし、この子は何者なんだろうと気になって目が離せなかった。――そうしたら」

ジェイクは、そこでわずかに言い淀んだ。

「君は少女たちに何かを言われて、あの場を逃げ出した。それを見て、俺は思わず追いかけたんだ」

「えっ――」

エレノアは完全に虚をつかれた。

そんなこと、まるで気づかなかった。ということは、もしかしてジェイクは。

「……ご覧になっていたんですか」

「ああ」

　ジェイクは決まり悪そうに目を伏せた。

「庭の外れで、膝を抱えて、君は——泣いていた」

　エレノアの胸に、古い痛みがずきりと蘇った。

『計算高い』だの『常識外れ』だの棘のある言葉を投げつけられて、十歳だった自分は、楡の木陰でぐすぐすと涙を零していた。

「あのときの私は、子供だったんです」

　苦い思いを押し隠し、エレノアは平気なふりを装った。

「今なら他人に何かを言われたくらいで、いちいち傷ついたりしません。人の目を気にして萎縮していたら、やりたいことなんて何もできませんから」

　そう言いながらも、「本当にそうだろうか」と気弱な自分が顔を出す。

　己一人がどう言われたところで構わないと開き直ることはできても、ウォルターたちがジェイクのことまで馬鹿にしたとき、全身が冷たくなるような衝撃に打たれた。

　それはやはり、他者を完全に無視しては生きられないということだ。

　第一、本当にやりたいことを貫くつもりなら、家出をして働いてでも、学問の道を究めればよかったのだ。

　男性と肩を並べて大学に進学する女性は、少ないけれど存在する。そんな娘たちと切磋琢磨し、数学者を目指す道もなかったわけではないのに、結局のところエレノアは、周囲の反対を恐れて怯んでしまった。

　中途半端さが嫌になるが、ジェイクの目に映る自分はそうではないらしい。

「エレノアは強いな。――あのときも、とても強かった」

　過去を思い返しているのか、ジェイクは噛んで含めるようにゆっくりと言った。

「泣きながらも君はノートを開いて、懸命に問題を解こうとしていた。真剣な顔で鉛筆を走らせて、何度も何度も首をひねって」

　その続きなら、エレノアも思い出せる。

　泣いたせいで頭がずきずきして、腫れた目にノートの数字がかすんで、それでも問題に向き合い続けた。

　そうすることで傷ついた心を守りたくて、一心に考えて、考えて、考えて。

　――そうしてふいに、世界の秘密の一端が、解き明かされる瞬間に立ち会う。

「とうとう正解に辿り着いた君は、涙で顔をくしゃくしゃにしながら、本当に嬉しそうに笑ったんだ」

　そう言ったジェイクの口元も、これまでにない柔らかな笑みを浮かべていた。

「あの笑顔を、俺はとても綺麗だと感じた。ほんの十歳で好きなものを見つけて、全力で向き合える君のことを、羨ましくさえ思った」

　ジェイクの賞賛に、エレノアは当惑した。

「羨ましいだなんて……私は常識外れのおかしな女ですのに」

「嘘じゃない」

わざわざ強調するまでもなく、《魔女の気まぐれ》にかかった彼の言うことは真実だけだ。

「君が周囲から誤解されて、心ない目に遭わされるなら、俺がそれを守りたいと思った。この先どんな女性に育っていくのか、気にかかって仕方なかった。そんなふうに感じたことは初めてで、きっとこれが初恋なんだと自覚した」

「初恋――……」

エレノアはまた眩暈を起こしそうになった。

好きだと言われただけでも革命的なことなのに、ジェイクの初めての恋の相手が自分だなんて。

しかも十一年前から想っていたというのだから、あの素っ気ない求婚の裏に、彼は相当な執着心を潜ませていたことになる。

「すみません。まったく気づきませんでした……」

「いや。俺が早々に意思表示をしなかったのが悪かった」

ジェイクは反省するように言った。

「いつかは君を花嫁にと望んでいた。だがそれは、君にふさわしい立場を得てからだと、己に戒めを課したんだ」

「戒め？」

「それまで俺は漠然と、自分は将来父の跡を継ぐのだろうと思っていた。あのときから、それは明確な目標になった。会社をもっと成長させて、扱う金額の数字を大きくして、君を社長夫人兼経理責任者として迎える。そうすれば君は才能を自由に発揮してくれるだろうと思ったし、俺が君に贈れるものは、それくらいしかなかったから」

「会社を継いだのも、事業を拡大したのも、私のためだとおっしゃるんですか!?」

愕然とするほかなかった。

さらりと軽く言うけれど、ジェイクの貿易会社は、彼がトップに就任して以降、ほんの二年足らずで国内随一の規模を誇るまでになったのだ。

「君に好かれるためならなんだってする」

確固たる意志をもって、ジェイクは言った。

「けれど、俺は君に比べれば、なんの取り柄もない凡人だ。どうすれば君の心を得られるのかわからなくて、結婚しても、とにかく嫌われないように距離を置くしかできなくて」

「あの。はっきり申し上げますけど、自己評価がおかしいですよね？」

巨万の富を生み出せる敏腕経営者が「なんの取り柄もない凡人」なら、その他の人々はいてもいなくても構わない二束三文の有象無象だ。

「それに、嫌われないために距離を置くだなんて……本当のところ、ジェイク様は私のことなんて、お飾りの妻だとしか思っていないんだと。ただで経理を雇いたいから、私を選んだんじゃないかと思ってました」

「そんなわけはない！」

聞き捨てならないとばかりに、ジェイクは声を荒らげた。

「君を見ていると、胸の奥から愛おしさが湧き上がってきて、四六時中抱きしめていたくなる。外出をすれば、家を出て五分もしないうちに、エレノア成分が足りなくてのたうち回りそうになる。できることなら君を百分の一の大きさにして、ポケットに入れてどこにでも連れ歩きたいくらいなのに」

「そ、そういうことを言われると……すみません、やめてください！」

一時は落ち着きかけていた心臓が再び暴れ出して、エレノアはとっさに耳を塞いだ。

「ああ……そうだったな」

ジェイクは絶望的な溜め息をついた。

「君は、こんなふうに軽薄に口説いてくる男は大嫌いだと言っていたな。それを知っていたから、余計に気持ちを抑えていたのに、《魔女の気まぐれ》でこのザマだなんて」

ジェイクは前髪をぐしゃぐしゃと掻き回した。

苦悩に満ちた表情と口調に、エレノアはぽかんとする。

「そんなこと、私、言いました？」

「言っただろう。ルーカス相手に。彼経由で俺は聞いたんだ」

「お兄様から？」

記憶を浚い、エレノアは「あ」と口元を押さえた。

——言った。確かに。

あれはウォルターから婚約を破棄されて間もない頃。このままでは妹が行かず後家になってしまうと焦った兄が、

『お前はどんな男がタイプなんだ』

としつこく尋ねてきたので、面倒になったエレノアは、

『少なくとも、女性と見ればすぐに口説こうとするような軽薄な殿方は好きません。下心をもってベタベタ接してくる不潔な人も嫌いです』

と適当に答えたのだった。

それは単に、自分と婚約解消してから一週間も経たないうちに、路上で踊り子とキスをしていたというウォルターの無節操さを皮肉っただけだったのだが。

（あれを真に受けたってこと？　お兄様だけじゃなく、ジェイク様まで？）

しかしそう思えば、ルーカスが妹の結婚相手として、真面目一辺倒のジェイクを選んだのも納得がいく。

ジェイクもジェイクで、エレノアの理想の男性像を演じるべく、己の堅物さにますます磨きをかけていたのだろうか。

「本当は言いたかった。一日に百回でも、千回でも、『好きだ』『可愛い』と告げたくて」

血を吐くように訴えながら、ジェイクは喉に爪を立てた。

意志の力では止められない本音が溢れて、エレノアに嫌われてしまうくらいなら、この声帯ごと握り潰してしまいたいとばかりに。

「俺には音楽の才能などないはずなのに、君のことを想うと歌までできてしまうんだ。すでにもう二千百五十六曲できた。これはすべて国歌に指定されるべきだと思う。――ああ、また口が滑る。エレノアに軽蔑される。……死にたい」

「ジェイク様！」

本格的に淀んだオーラを醸し出したジェイクに、エレノアは必死に訴えた。

「お願いですから、そんなことをおっしゃらないでください」

「気持ちの悪い口説き文句を聞かされて、耳が腐ると言うんだな」

「違います。『死にたい』なんて、恐ろしいことを口にしないでくださいという意味です」

エレノアも決して話し上手なわけではない。けれど今はどうにかして、ジェイクに伝えねばならないことがある。

彼の目を見据え、エレノアは懸命に言葉を探した。

「私は……私は、見てのとおり地味で、野暮ったくて、スタイルもよくなくて……有り体に言ってブスです」

「待て」

ジェイクはたちまち気色ばんだ。

「君の視力は大丈夫か？　これほど愛らしい女性は世界中を探しても存在しないだろうし、古今東西の芸術家をもってしても、君の美しさを表現しきれないだろうに」

「ジェイク様の審美眼こそ狂っています！」

エレノアはジェイク以上の剣幕で言い返した。

「ジェイク様にとっては不幸なことです。できることなら、矯正なさったほうがいいに決まっています。だから、私がこんなふうに感じるのは間違いです。罪悪です。――でも」

その先の声は急に萎んで、蚊の鳴くようなものにしかならなかった。

「……嬉しかったんです」

世間からすれば、笑われるに決まっている勘違いでも。大いなる認知の歪みでも。

「ジェイク様が、私を好いてくださっていることが」

彼の中にまぎれもなく存在するその気持ちは、エレノアの心を貫いて、痛みにも似た甘やかさを生まれて初めて教えてくれた。

「それが本当なら、伝え方や言い回しなんて、どうだって構わない。もっと聞かせてほしい……って……」

　そこまでが限界だった。

　エレノアは両手で顔を覆い、その場に膝を折ってうずくまった。

（こんなふうにどきどきするなんて。愛されて幸せだと思うなんて。まるで、普通の女の子みたいに。分不相応なことなのに）

　勢いにまかせて、調子づき過ぎたにもほどがある。深く俯いた自分の顔が、赤くなっているのか青くなっているのかもわからない。

「もしかして」

　ジェイクが息を詰める気配がした。

「──君も、俺のことが好きなのか？」

《魔女の気まぐれ》のせいで、婉曲さも何もない。普段の彼だったら、絶対に口にできなかった問いかけだろう。

「答えてくれ、エレノア。俺も君の気持ちが知りたい」

　ジェイクが膝を折り、エレノアの肩に触れた。

　そろそろと顔をあげれば、餓えるようなダークグレイの瞳に、泣き出しそうな自分の顔が映っていた。

　こんなにも真摯な要求を、無視することはできない。

叶うものなら、彼の望む言葉を返したいと思うけれど。

「っ……」

唇を開きかけたところで、エレノアの声は途切れた。

（私も、ジェイク様を好きだけど。好きだって言いたい――けど……）

エレノアの舌を凍らせているのは、かつてウォルターに婚約破棄されたときの苦い記憶だった。

『貴族の男たるもの、連れ歩いて恥ずかしくない妻を娶りたいと思うのは当然のことだろう？』

あの捨て台詞だけでも相当な衝撃だったのに、ウォルターは最後に言ったのだ。

『そもそも君に、愛だの恋だのは似合わないよ。はっきり言って、容姿に恵まれない人間は、恋愛圏外の生き物だって自覚を持って生きてほしいね。もし誰かを好きになることがあったとしても、告白すれば相手の男を困らせるだけだ。ブスの自己陶酔はおぞましいし、まして一人前に結婚したいだなんて望むのは、贅沢だし迷惑だ』

――愛や恋を語る資格があるのは、それが許される愛らしい娘だけ。

あんな男の言うことなど気にする必要はないはずなのに、自分で思うよりも、ウォルターの暴言は深い影響を与えていたらしい。

自尊心を粉々にされて、あれからエレノアはいっそう女としての自信をなくした。

社交の誘いもすべて断り、より身なりに構わなくなって、来る日も来る日も数学の問題だけを解いて過ごした。

ジェイクに求婚をされたときも、そんな「贅沢」など、本当は望むべきではなかった。けれど婚約破棄の際の傷が深かったからこそ、こんな自分でもいいと言ってくれる男性がいるのならと、つい夢を見てしまったのだ。

そういうことを、本当は時間をかけて伝えたかった。

けれど、急いたジェイクは眉を寄せ、エレノアの頬を両手で包み込むように捉えた。

「駄目だ。――返事を待つのすら、もどかしい」

ぐいと顔を引き寄せられ、口元に温かい何かが触れる。

それがジェイクの唇だとわかった瞬間、エレノアは石と化したように硬直した。

彼とするキスは、これで二度目だ。

一度目は結婚式のときで、触れ合った時間も短い上、あくまで儀礼的なものだった。

けれど、今は。

唇の表面を情熱的に何度も食まれて、切なげな吐息を注がれて。あまつさえ、口の中にまで――。

「っ、は……んん……っ……」

口腔に侵入してきたジェイクの舌に、エレノアは混乱し、翻弄された。

ぬるりとした粘膜の塊に、前歯の後ろを撫でられる。

そのさらに奥、喉に近い場所までを刺激され、息苦しいような切ないような、不思議な感覚に支配されてしまう。

「ふ……んっ——」

流れ込んでくる唾液がちゅくちゅくと音を立て、首の後ろがそそけだった。

何度も深く唇を犯され、全身の力が抜けたエレノアは、ジェイクの胸の中にくったりと倒れ込んだ。

彼の腕が背中に回り、強い力を込められる。

「——ずっとこんなふうにしたかった」

低い声が直に体に響き、エレノアはぞくりとした。

風邪をひいたときの悪寒とはあまりに違う、正体不明の熱を帯びた戦慄だった。

「君の唇を吸って……俺の舌を入れて……触れていない部分などないほどに、すみずみまで掻き回して」

赤裸々な欲望を吐露され、エレノアはたじろいだ。

淡泊に見えた彼がそんなことを考えているだなんて、まったく思いもしなかった。

戸惑ううちにも、抱きしめられる力はますます強まり、今度は耳元に唇を落とされる。

「ひゃっ……！」

「どれだけ可愛い声をあげるんだ?」

そこに甘い蜂蜜でも塗られていて、丁寧に舐め取ろうとするかのように、薄い耳朶を舌がなぞる。

くすぐったさに似た感覚に身じろぎするが、ジェイクは逃げることを許さなかった。

ぞくぞくした戦慄は、もはや全身に及んで、エレノアの呼吸が乱されていく。

「やっ……あっ……なんで、こんな……」

「君の体ならどこだろうと触れたいし、味わいたいからな」

「ひ……人の肌に、味なんてありませんっ……!」

流されそうになりながら、エレノアは必死に言い張った。もし何かの味を感じるとしたら、それは汗の塩っ気くらいだ。

しかし、耳を舐められているくらいならまだマシだった――と、エレノアはすぐに思い直す羽目になる。

「――限界だ」

かすれた声を吐くやいなや、ジェイクはエレノアの体を抱き上げ、すぐそばの寝台に横たえた。

間髪を容れず覆いかぶさってくる彼に、エレノアは驚いて後ずさった。

「あの!? まさか……」

「気づいていないのか、エレノア？」

ジェイクの瞳が至近距離で、どこか狡猾にきらめいた。

「数字に目のない君が、今日の日付を忘れるとは思えないが」

エレノアはごくりと生唾を飲んだ。

カレンダーを確認するまでもなくわかっている。

——今夜は、互いに話し合って決めた子作りの日だ。

3章　甘い睦言に蕩（とろ）ける蜜夜

「ん……やっ……約束が、違いますっ――」

寝台の上で身をよじり、エレノアは切れ切れの声をあげた。

自分が今どういう状況に置かれているのか、考えるだけで恐慌をきたしそうになる。

身に纏っていたドレスは床に落ち、シュミーズも肩紐がずらされて、か細い上半身が丸見えになっている有り様（さま）だった。

紳士の仮面をかなぐり捨てたジェイクが、エレノアの抵抗などものともせず、男の力で強引にドレスを脱がせた結果だ。

「約束とは？」

問い返すジェイクの視線は、剝き出しの白い胸に食い入るように落とされていた。

手や首以外の肌を初めて直に見られる羞恥に、エレノアの思考は焼き切れる寸前だった。

「こういうことをするときは、服を着たまま……それに、ジェイク様は目隠しを」

「それは単なるなし崩しの習慣で、正式に取り決めたものじゃない」

エレノアの両手首を摑んで寝台の上に縫い留めながら、ジェイクは憮然と言った。

「君が見られたくないというから、嫌われるのが怖くて従っていただけだ。結婚して一年にもなるのに、妻の裸を目にしたことがない夫などおかしいだろう」

極めて正当な不満をぶつけられ、エレノアは怯んだ。

結婚式を終えた初夜の晩から、性行為に及ぶたび、エレノアは彼に目隠しを強いてきた。

それはエレノアの一方的な要求で、ジェイクがどう思っているのかを確かめたことはなかった。話し合うことも譲り合うこともせず、こちらの望みだけを通すのは、我儘だと詰られても仕方がない。

「ですが……その」

エレノアはなんとか反論の糸口を探そうとした。

「目隠しをしていただいたのは、ジェイク様のためを思ってのことです。私のつまらない顔や体をご覧になりながらだと、きっと萎えてしまわれるから」

「萎える？　どこがだ？」

腰を押しつけられ、エレノアはぎくりとした。

衣服ごしでもはっきりとわかる。

ジェイクの雄のものは、大きく硬く張りつめて、エレノアの下腹にくすぶる体温を伝えていた。

「このとおり、俺は痛いほどに勃っているが」

真顔で報告され、エレノアの頭は真っ白になる。

どうせ思ったことがすべて口に出てしまうなら——とばかりに、ジェイクは開き直ったようだった。

「好きな女を前にして、抱きたいと思わない男がいるか？　朝も昼も晩も、愛しい君のことを考えるだけでこうなるんだ。いい加減、一人でこそこそと処理するみじめさから解放してくれ」

「しょ……処理というのは？」

「男の生理を何も知らないのか」

ジェイクの口元が皮肉に歪んだ。

「これからたっぷりと教えてやる。今まで断腸の思いで耐えてきたあれこれも、一切我慢はしないからな」

「えっ……やっ……！」

エレノアは体を強張らせた。

ジェイクの手が左右の胸を包み、やわやわと揉み込み始めたのだ。

「すごいな……――何に喩えようもなく、柔らかい」

感じ入った呟きとともに、眼差しが興奮の熱を帯びていく。

そのまま両手で撫で回され、ほのかな膨らみを中央に寄せられ、白い胸乳が形を変えていく様を、目でも掌でも楽しまれた。

「想像以上だ。肌触りもなめらかで、指が沈んで……」

「っ……やめて……！」

エレノアは必死で首を横に振った。

ノーマにも『ボリュームが足りない』と言われたように、エレノアのそこは決して豊かではない。農作物に喩えるなら生育不良で、傷ものの三級品というところだ。

「そんな、原価割れで叩き売りされるみたいな胸――っ……」

「何を言ってるんだ、君は？」

不可解そうに首を傾げたものの、ジェイクはすぐにまた淫らな戯れに没頭した。

ふにふにとした乳房の中心には、ごく小さなしこりがある。そこに彼の指先が伸びて、淡い色の乳暈をくるりとなぞった。

「ふぁっ……！」

「――可愛い」

ジェイクの息遣いは、さっきよりも浅くなっていた。

　反射のように硬くなったそこを、親指と人差し指できゅっと摘まれ、糸を縒るように扱かれる。

「どんどん硬くなって、俺のすることに反応して——なんて可愛いんだ」

「あっ、あ……ああっ……」

　エレノアは見ていられず、片腕をあげて目元を覆った。

　入浴の際、自分で体を洗うときには、こんな変化は見られないのに。

　ジェイクの指に捉われた尖りは、ぷっくりと膨らんで色を変え、じんじんと甘い痺れを撒き散らしていた。

(何これ、おかしい……私の体、どうなって……)

　自分の身に起こる現象に名前をつけられず、混乱する。

　その間にもジェイクは、ふたつの乳首をくにくにと捩ったり、先端に爪を立てて押し込めたりと、新しい玩具を手に入れた子供のように夢中になっていた。

　そればかりか。

「——ここを舐めたい」

「えっ!?」

「舐めて、噛んで、吸ってみたい。いいな？　エレノア」

「駄目に決まってるじゃないですか！　……っ、あ、嫌ぁっ！」

拒絶の叫びも空しく、ジェイクが胸元に顔を伏せ、珊瑚色に染まった乳首をねろりと舐めあげた。

「そんな、とこ……あっ……舐めても、意味ない……っ」

子供を作ることが目的なら、男性器を女性器に入れて、擦って、射精する。

合理性を愛するエレノアにとっては、それこそが「無駄のない」性行為で、いわゆる前戯など余計なものでしかないというのに。

「俺がしたいんだ」

きっぱりとした強い主張に、言葉をなくした。

「言っただろう？　エレノアの体なら、どこだろうと触れたいし、味わいたいと」

「でも……」

「反論は聞かない」

かりっ、と胸の先を甘噛みされて、エレノアの腰はびくついた。

舌にたっぷりと唾液を乗せて、ぴちゃぴちゃと音を立てながら舐められる。円を描くように舌先が蠢き、そののちにちゅうっと吸いつかれた。

「ふあっ……ああ……」

エレノアの肩が細かく震え、細い喉が反り返った。

ジェイクが舌を動かすにつれて、じれったいようなくすぐったいような感覚が高まっていく。もじもじと勝手に腰が揺れ、膝頭を擦り合わせてしまう。

「やっ……あっ、あ……ん……はぁん——」

「君は、そんなにも甘い声で喘ぐんだな」

感に堪えないというように、ジェイクの声は揺れていた。

「初めて知った。嬉しい。可愛い。……堪らない」

「んんっ……！」

乳房の中身ごと吸い出されるように、強く強く吸引されて、エレノアはジェイクの肩を摑んだ。

勢い余って爪を立てる形になってしまったが、彼は痛みなどまるで感じていないように、エレノアの乳首を美味しそうに食んでいる。

「こんなに膨らんで、芯ができて……弾力もあって、俺の舌を押し返してくる。可愛くて、とてもいやらしい乳首だ」

「へ、変なこと言わないで……」

「あいにくだが止められない。恨むなら《魔女の気まぐれ》を恨んでくれ」

「そんな……あっ、待って……！」

胸をしゃぶりながら、ジェイクの右手はエレノアの腰を撫で下ろし、太腿の内側に滑り込もうとしていた。

「んっ……！」

下着の脇から指が侵入し、秘めた花床に触れられると、くちゅりと水っぽい音がした。潤滑剤代わりの香油を塗り込めたわけでもないのに、そこはいつの間にか、正体不明のぬるぬるした液体にまみれていた。

「こんなに……？」

ジェイクの瞳に、喜び混じりの驚きが浮かんだ。

「君のここが、ここまで潤っているのは初めてだ。胸を吸われて感じていたのか？」

「っ……知りません……」

「君を気持ちよくさせたいんだ」

羞恥に顔を背けるエレノアに、ジェイクは真剣な眼差しで告げた。

「教えてくれ。性感帯というものは、女性によって違うのだろう。エレノアは、どこが特に感じるんだ？」

「わかりません……！」

困惑が極限まで高まると、人は泣きたくなるものらしい。

目に涙を浮かべ、頬を真っ赤に染めながら、エレノアは震える声で言った。

「性感帯……なんて、初めて聞きました。ですから知るわけありません」

「そうか」

とジェイクは頷いた。

これで引き下がってくれるかと、ほっとしたのは一瞬で。

「だったら、一緒に探してみよう」

窪みの中心にあてがわれた指が、とろとろした潤みをすくい、周囲にまんべんなく塗り広げた。

厚ぼったくなった花弁が蜜を纏い、左右に開いて綻びていく。

上のほうにある小さな蕾を、さまよう指先がかすめると、エレノアの喉がひっと鳴った。

「ここか？」

エレノアの反応からあたりをつけたジェイクが、その一点を集中してまさぐり始める。

何かをくりっと剝かれる仕種のあとに、火のついたような感覚がエレノアを襲った。

「ひぁっ……――！」

存在さえ知らなかった肉の芽が、びりびりと強い痺れを孕んで膨れる。

ジェイクの指はそこを細やかにさすり、微細な振動を送り込んだ。

「あ、や、やだっ……いやぁっ……」

「痛いのか」

「ち、違います、けどっ」

「なら、もう少し続けよう」

冷静になって考えれば、このときに「痛いからやめて」と嘘をつけばよかったのだ。

人が変わったように饒舌になったとはいっても、ジェイクの優しい本質はそのままで、エレノアを苦しませることは決してしないはずだった。

けれど、とっさに本当のことを答えてしまったのは、エレノアの中にもこの行為を望む気持ちが、どこかにあったのかもしれなくて。

「んんー……っ！」

ジェイクの指に捏ねられる肉粒は、狂おしく鮮烈な感覚に、今にも弾け飛びそうだ。

これが快感というものかと、必死に息を継ぎながら思う。

脚の間から溢れる液体はより勢いを増したようで、腰の下の敷布がぐっしょりと湿っていた。

「甘酸っぱい匂いに酔いそうだ——」

ジェイクの体がずり下がり、性急な勢いで下着をむしり取られる。

えっ、と思ったときにはもう、両膝の裏を高々と持ち上げられていた。

何ひとつ遮るもののない秘処が、彼の眼前にありのままに晒されて。

「やっ、嘘……やめてっ——ああぁあっ……!?」

躊躇いもなく股座にむしゃぶりつかれて、エレノアの惑乱は頂点に達した。

蜜孔の中でぐにぐにと蠢いているものは、信じたくないが、ジェイクの舌だ。水音を立てて吸いつかれ、溢れるものをじゅるじゅると啜られ、涙声の悲鳴が迸る。

「飲んじゃ駄目……汚い、きたない、からぁっ……！」

「君が俺を受け入れるために湧かせた蜜だ。汚いはずがあるものか」

エレノアとしてはまったく同意できないが、ジェイクの中では当たり前のように理屈が通っているらしい。

「これが、エレノアの……んっ……もっと……もっと、俺に寄越せ……」

不埒にもほどがある追撃は、姫壺ばかりか、さきほどまで追い詰められていた陰核にも及んだ。

隆起したそこを押され、ぐりぐりと潰される刺激に、腰が大きく跳ねてしまう。

「あっ、あ……やだ……ぁあっ……！」

ジェイクの口淫は、初めてとはとても思えないほど巧妙だった。

濡れた舌が性感の塊に纏わりつき、前後左右にちろちろと弾く。

同時に両胸の乳首を引っ掻かれ、エレノアの全身は悩ましくくねって、膣奥からまたどぷりと蜜が湧いた。

「――舐めても舐めても、どろどろのままだ」

音を立てて愛液を飲み下しながら、ジェイクが楽しそうに言った。

「ここの尖りもこんなに腫らして、真っ赤になって」

「やっ……もう、これ以上見ないで……」

「君の願いならなんでも叶えてやりたいが、それは聞けない」

脚の間で顔をあげたジェイクと、視線がかち合った。

「いつでもありありと思い出せるように、この目に焼きつけるつもりだ。蜜に濡れてきらきら輝いているところも、俺を呑み込む孔が綻びて、可愛らしくひくついているところも」

「おかしなことばかり言わないでください……！」

そんな場所のそんな様子が『可愛い』なんて、やはりジェイクの感性は、とんでもなく歪んでいる。

「おかしいものか。こんなにも綺麗でいじらしいものを、俺は他に知らない。大切な君の、大切な場所だ」

だから存分に愛でるのだというように、彼の舌は際限なくそこをあやした。

逃げを打つエレノアの腰を両手できつく押さえつけ、丸々と膨らんだ秘芽を舐めしゃぶる。唾液と蜜液を混ぜて染み込ませるように、ねとねとと擦りつけ、大きく口を開けて吸いつく。

「んっ、……あ、あぁあ……」

エレノアの喉からはもはや、意味のある言葉は出てこなかった。

雲の中に浮いたように意識がふわふわする一方、与えられる刺激は鋭い雷に打たれるようで。苦しいのか気持ちいいのか、やめてほしいのか続けてほしいのか、自分の意志すらわからなくなる。

いつしかエレノアは、両手できつく顔を覆っていた。

ただでさえ美しくない容貌なのに、快楽にだらしなく溶けた表情など、ジェイクに見せられるわけがなかった。

「んっ……っ……ぁんんっ……！」

もう何度目かわからない引き攣りが走り、甘やかな快楽に腹の底が熱くなった。

ぐったりするエレノアを、見下ろしている気配がする。

「もういいか？」

押し殺した声に尋ねられ、指の隙間からひそかに覗き見れば、ジェイクが脚衣の前を開き、浅黒い肉塊を蜜口にあてがうところだった。

「君の中に入りたい」

露骨な要求に、エレノアは息を呑んだ。

挿入だけなら、これまでにも経験のあることだ。

けれど、こんなふうにぐずぐずになって痺れきった場所に、ジェイクの性器を入れられたら、一体どうなってしまうのか。

「手をどけて。……こっちを見て」

囁きかけるその声が、この上なく優しかったからだろうか。

顔を覆う手を剝(は)がそうとする力は、やんわりとしたものだったのに、何故か抵抗することができなかった。

それでもとっさに閉じた瞼の縁(ふち)を、ジェイクの指がなぞり、視線を結び合うことを求められる。

「俺を受け入れる瞬間の、君の顔。――しっかりと見せてくれ」

「ぁ……あっ……あぁあっ……！」

大きな亀頭が入り口にぬぷぅっと沈められ、そのまま奥へ奥へと進められた。

もう何度も呑み込んだもののはずなのに、繋がる瞬間はいつも、恥骨を砕かれてしまいそうな恐れに慄(おのの)かずにはいられない。

「ぁ……ぅ、あっ……――」

根本まで深々と埋め込まれて、エレノアの息はかすれた。

錯覚かもしれないが、体内を押し広げるものが普段よりも大きい気がする。

そんなふうに思ったところで、ジェイクも常との違いを感じたのか、低く呻いた。

「く……締まる、いつもより――」

苦痛に耐えるように瞳を細めたジェイクだったが、エレノアと再び目が合うと、口元を

ほのかに綻ばせた。

「君は俺に抱かれるとき、そんな顔をしていたんだな」

「え……どんな……」

やっぱり醜い顔になっているのではないかと慌てるエレノアの頬を、ジェイクは指の背で慈しむように辿った。

「不安そうで、泣き出しそうな。これ以上何もしないでおいてやりたいような、逆に苛めたくなるような」

「い……いじめ？」

どんなひどいことをされるのかと怯えるエレノアの髪を、苦笑とともに、ジェイクは柔らかく撫でつけた。

「策士だな。そんな目をされては、どれほどつらくとも耐えるしかなくなる」

「私は、何も」

「エレノアは知らないだけだ。君の眼差しや、表情や、何気ない言葉のひとつひとつが、俺の心をどれだけ掻き乱しているか」

「それは……」

（――私も同じなのに）

今この瞬間も、かすかな笑みを浮かべたジェイクの表情が珍しく、胸がそわそわとして目が離せないでいる。

　こんなふうに笑ってくれるのなら、これまで目隠しをさせていたのがもったいないような気さえする——なんてことは、到底口にはできないけれど。

「乱暴にはしないから……君を愛したい」

　甘い囁きにいまだ慣れずに、どきりとした刹那、ゆっくりと腰を引かれた。

　大きく嵩張った先端が出ていく動きに、蜜道を引っ掻かれる。

　そうして再びじりじりと奥まで埋められ、繋がったまま軽く揺さぶられて。

「あぅっ……」

　くぐもった息が、喉の奥から吐き出された。

「つらいか？」

　様子を見るように腰を止めたジェイクに、エレノアはふるふると首を横に振った。

　つらくはない。

　痛くもない。

　それどころか、ぬるま湯を注がれたような快感が、腹の奥にじんわりと広がっていくから——困る。

「その……なんだか、いつもより……」

「うん？」

「いつもより……ゆっくりというか、じっくりというか……」

「普段は、君が痛がっててつらそうだったから」

ジェイクはばつが悪そうに言った。

「すぐに終わらせようとして気が逸っていた。だけど、今夜は」

深く結ばれたまま腰をぐりっと押し回されて、エレノアは声をあげた。

「あああっ！」

「こうして……君の中を、たっぷり堪能して」

「やっ……ああ、っ……！」

「君にも、俺以上に感じてもらいたくて」

「んっ……あっ、あぁ……」

「一秒でも長く、エレノアの中にいたい。――駄目か？」

浅い場所を小刻みに擦られたと思ったら、次には深い場所をずんっと突かれる。

エレノアの弱点を探るようなその動きは、何から何まで堪らなかった。膣襞から湧いた潤沢な蜜に、硬い雄茎がぬりゅぬりゅと滑って、どこを摩擦されても気持ちがいい。

（全然違う……いつもと……っ）

これまでは単に、狭い場所に異物が出入りする苦痛しか感じられなかったのに。

胸を吸われたり秘処を舐められたりと、丹念な前戯を施されたのちでは、こうも差があるものなのか――……いや。

（ジェイク様が、私を可愛いって……好きだって言ってくださった、から）

義理と同情だけの結婚ではないとわかった上、ジェイクが本当に自分を望んでいたのだと知ってしまった。

女性として誰かに愛されることなど、一生ないのだと諦めていたのに、望外の幸福を自分はとっくに手にしていた。

嬉しくて、ありがたくて、もったいなくて、涙が出てくる。

ゆるやかな揺さぶりを繰り返しながら、ジェイクはエレノアの肩や腰を撫でさすり、乳首や陰核までもくすぐった。

体の内側からと外側から。与えられる快楽が響き合い、満ち溢れ、溺れそうな錯覚に陥ってしまう。

「あっ……はぁ……ああっ、あん……」

「そんな、心地よさそうな声……これまでに聞いたことがない」

そう言うジェイクの声もかすれ、呼吸はますます荒くなっていった。

「君の中は、熱くて、柔らかくて……ぎゅうぎゅうと纏わりついてきて、苦しいくらいだ」

快楽に耐える彼の表情は、こちらの喉が渇くほどに色めいていて、エレノアの膣奥が独りでにうねった。

　途端、ジェイクの喉が上下し、切羽詰まった声が洩れる。

「っ……駄目だ、エレノア」

「え？」

「そんなふうに締めつけられたら……っ……はぁっ……我慢が――」

　腰をがっと摑まれて、寝台に強く押しつけられた。

　前傾姿勢になったジェイクの肉棒が、それまでよりも深い場所に、抉るように突き立てられる。

「あぁぁあっ！」

　ただでさえきつかった圧迫感がいや増して、エレノアは高い嬌声を放った。

　抑えていた欲望の堰が切れたように、律動が激しさを増していく。

　隆々とそそり勃ったものは、しとどに濡れた膣襞を掻き回し、今までに届いたことのない最奥までを、じゅっぷじゅっぷと突き捏ねた。

「ひ……っ、そんな、深い……ぁあん……！」

「すまない……ゆっくりしたかったのに、止まらないっ……」

　荒々しい動きにヘアピンが外れ、シニヨンに結われていた髪が解けて乱れた。

　淡いプラチナブロンドが、敷布の上で複雑な編み目を描くように広がる。

がんがんと力強い抽挿に揺さぶられ、息もできないほどの激しい悦楽に揉まれながら、エレノアはジェイクの首にすがりつき、彼の腰に無意識に脚を絡めた。

「……はぁっ……エレノア……」

ジェイクが息を切らしながら顔を寄せ、唇で唇を探り当てる。

「好きだ――やっと、本当に……初めて、君を抱いている気がする……――」

「んっ、ふ……ぁ、ふぅんっ……」

余裕のない動きで舌を吸われ、上顎を舐められ、口内をくまなく愛撫された。

そうしながらもばつばつと腰を打ちつけられ、エレノアは次第に、逃げ場のない愉悦の袋小路へと追い立てられる。

「あっ、あ、だめ……ジェイク様……ぁああっ……」

エレノアの視界はぼやけ、ジェイクの雄肉をさらなる奥へと誘うように、蜜洞が勝手に震え出した。

自分の体はどうなっているのか。これからどうなってしまうのか。

経験したことのない反応に、恐れと不安が込み上げて、目の前のジェイクにますます強くしがみつく。

「俺に、すがってくれる君が、……っ……可愛い、すぎて」

顔をしかめ、奥歯を食いしばりながら、ジェイクは汗を滴らせて腰を穿った。

「もっと欲しい。抱き潰したい。何度も、何度でも――」

常に冷静で物静かな彼が、獣のような欲望を剥き出しにしていると思うだけで、エレノアの子宮はまたしてもきゅうっと収縮する。

荒波のような喜悦が押し寄せ、強烈な刺激に声が止まらず、壊れた玩具のように喘ぎ続けることしかできなかった。

「ぁあ、ん、はぁぁっ……やあああっ……！」

息が乱れ、思考がちりぢりになり、限界は唐突に訪れた。

がくんっ、と地面を踏み外したような落下感とともに、目の前が一気に白む。

宙を蹴った足指が強張り、下腹がびくびくと波打って、尾骨(びこつ)から脳天へと突き抜けるような快感が走った。

「っ……待て、エレノア――……！」

ジェイクが焦ったように呻いた直後、体内のものがひときわ膨らみ、生暖かい精がどぷどぷと吐き出された。

法悦を極めて伸縮する膣壁が、最後の一滴までをも貪欲(どんよく)に搾(しぼ)り取ろうとする。

がくりと首を落としたジェイクが、エレノアを押し潰さないよう、かろうじて肘をつきながら尋ねた。

「もしかして今、達したのか……？」

ジェイクの問いに、エレノアは答えられなかった。

体内を吹き抜けた衝撃の意味がわからなかったし、ベッドの上でこれほど激しく消耗させられたことも初めてで。

(今のは、何……？　本当におかしくなりそうだった——……)

汗を浮かばせた裸の胸が、ぜいぜいと大きく弾んでいる。

意識を保てていたのはそこまでだった。

案じるようにこちらを覗き込むジェイクの顔が次第にぼやけ、深い深い眠りの底に、エレノアは抗うこともできずに堕ちていった。

4章　不埒で危険な魔女のお薬

穏やかな秋晴れの一日だった。

午後の陽だまりに満たされたサンルームでは、ほのかな紅茶の香りが漂い、テーブルの中央には様々な菓子を取り揃えたケーキスタンドが置かれていた。

「んんー、この胡桃とイチジクのタルト、キャラメリゼ部分が香ばしくて絶品ね。ジェイクが本音しか言わなくなったおかげで、新しい料理人を雇えてよかったわねー」

エレノアの真向かいで、鮮やかなチェリーピンクの巻き毛がふわふわと弾む。

行儀悪く頬杖をつきながら、嬉しそうにタルトをぱくついているのは、ジェイクに《魔女の祝福》を授けたヴィヴィアナだった。

相変わらず丈の短いチュチュドレス姿で、今日のスカートは、七色のシフォン生地を接ぎ合わせた虹のように鮮やかな代物だ。

（……ヴィヴィアナさんは、いつまで居候を続けるつもりなのかしら）

彼女がこの屋敷に招かれたのは、約ひと月前。

様子のおかしくなったジェイクを診てもらうだけのつもりだったのに、ヴィヴィアナはそのまま食客（しょっかく）として居ついてしまった。

彼女曰（いわ）く、

『最近は何かと世知辛くて、魔女業のほうの実入りもよくなくてね。灌漑（かんがい）技術が発達したおかげで、雨乞いを頼まれることもなくなったし。箒（ほうき）に乗った魔女の宅配便より、輸送なら汽車のほうが速いし、たくさんの荷物も運べるし。商売あがったりで家賃払うのもおぼつかなくて、ちょうど住んでたアパート追い出されるところだったのよー』

という事情により、大量の荷物ごと強引に転がり込んできたのだった。

居候を決め込む代わりに、薬草を煎（せん）じて常備薬を作ったりもするが、ほとんどは客間で昼寝をしたり、今のように甘いものをぱくついたりと、勝手気ままに過ごしている。

ちなみに、メイドたちには占いをしてやったり、恋のまじないを伝授するなどして、割と人気があるようだ。

「確かに、料理人が変わったのはよかったですけど……」

甘いものがさほど得意でないエレノアは、カエンペッパーを練り込んだサブレをぽりぽりと齧（かじ）りながら呟いた。

以前の料理人は何かと適当な性格で、その日の気分によって料理の出来にむらがあった。

食材を無計画に買いすぎて傷ませてしまったり、それをそのまま主夫妻の食卓に出したりと、いい加減な仕事をしていたらしい。

エレノアは美食にこだわるほうではないので、食べられればそれでいいと思っていたが、ジェイクはずっと不満を感じていたようだ。

とはいえ、料理人の仕事を奪うのも可哀想だと我慢していたところ、《魔女の気まぐれ》のせいで、とうとう自制がきかなくなった。

食事が不味いとジェイクが言い出すなり、執事のランドルフはすぐさま馘首を申し渡し、新たな料理人を雇い入れた。

ランドルフ自身は前々からそうしたかったのだが、『旦那様がご自分から意志を示してくださらないことには』と、やきもきしていたらしかった。

新しい料理人はまだ若い女性だが、三度の食事のみならず、こうした茶菓子類も実に美味しく作ってくれる。

味音痴なエレノアにも違いがわかるくらいだから、ジェイクはもちろん、賄いを口にする使用人たちにも大好評だ。

解雇された料理人にも、次の職場に提出するための紹介状は渡されたというから、これを機会に心を入れ替えてくれるといい。

相手のことを慮って気持ちを押し込めてしまうより、たまには本音を口にしたほうが、好転する事態もある。

それはわかる。――わかるのだが。

(だからってやっぱり、何もかも正直に言えばいいってものじゃないわ……)

すっかり滞ってしまっている会社業務を思い、エレノアは溜め息をついた。

可能な分の仕事は部下に割り振っているものの、責任者であるジェイクが出ていかなければ進まない商談は山ほどある。

けれど今、彼を迂闊に人と関わらせれば、どんな失言をするかもわからないし、駆け引きの類も一切できない。

対外的には、ジェイクは体調を崩して療養中ということにしているが、その誤魔化しもいつまでもつか。

すでに一ヶ月が経つというのに、《気まぐれ》の症状が治まる気配はなく、ジェイクは屋敷に引きこもる日々が続いていた。

(それに、大変なのは会社のことだけじゃないし……)

「どうしたの？　なんだか疲れきった顔してるけど」

焼き立てのスコーンに、コケモモのジャムをたっぷりと盛りながら、ヴィヴィアナは首を傾げた。

「目の下、うっすら隈できてない？　睡眠不足は美容の大敵——って言っても無駄か。旦那が毎晩盛りまくって、ちっとも寝かせてくれないんじゃねぇ」

エレノアは飲みかけていた紅茶に噎せ返った。

(どうして知ってるの!?)

げほげほと咳き込みながら睨めば、ヴィヴィアナはにやっと、愛らしい見た目にそぐわない笑みを浮かべた。

「寝室の掃除をしてるメイドから、朝の惨状を聞いてね。やっと遅れてきた蜜月が来たって、むしろ祝福されてるわよ。この分だと、すぐに跡継ぎもできるんじゃないの？」

「……あんなの、無駄撃ちにもほどがあります」

ようやく咳が治まり、エレノアは弱々しく言った。

女性の体の仕組みからして、子供ができる可能性があるのは月に一度。

その前後を狙って集中的に子作りをするならまだしも、《気まぐれ》発現と同時に箍の外れたらしいジェイクは、あれから一日も間も置かずエレノアを求め続けてくる。時には夜だけではなく、昼間から寝室に引きずり込まれることさえある。

『せっかく会社も休んで、エレノアと四六時中一緒にいられるんだ。いっそ、ありとあらゆる角度から君を見つめて、一挙手一投足に魅了されて、この愛らしさを讃えるだけの仕事に就きたい』

という寝言にいたっては、

『どこから給料が出るんですか、それは』

と突っ込めたが、

『俺たちは法律的にも、信仰上でも認められた夫婦だ。夫が妻を全身全霊で愛して何が悪い？』

と主張されてしまえば、エレノアは反論する術を持たなかった。

「無駄撃ちって……あんたも大概、身も蓋もないこと言うわね」

スコーンをぺろりと平らげて、ヴィヴィアナは呆れたように言った。

「なんでそんなにつまんなさそうなのよ。ジェイクってばそこまで下手なの？　それとも早漏？」

再び口にした紅茶が、今度は鼻から出るところだった。

ぎりぎりで醜態を晒さずにすんだエレノアは、大人の余裕を保つべく、できるだけ淡々と言った。

「比べる対象がないのでわかりません」

「じゃ、少なくとも悪くはないんだ？」

「個人的な質問に関してはお答えいたしかねます」

「なんで政治家の答弁みたいになってんのよ。あ、ひょっとして照れてる？　照れてるの？　本当はすっごくよくって、アンアンよがりまくりで、毎回天国見ちゃってるとか」

「ですからっ……！」

エレノアのポーカーフェイスはあえなく破れた。

「どうしてそんな下品なことを気にするんですか。放っておいてください」

「だってあたし、処女だもん」

あっけらかんと言い放たれ、エレノアの目は点になった。

「よく見てよ。実際の年齢はともかく、あたしの外見、これよ？」

平たい胸に手を当てて、ヴィヴィアナは小首を傾げた。

その手の小ささも、軽く突き出された唇も、すべすべした水蜜桃のような丸い頬も、確かに十代前半のあどけない少女にしか見えない。

「この見た目のあたしに手を出す男がいたら、そいつ変態じゃない。そういうロリコンは多いっちゃ多いけど、あたしだって犯罪者の相手なんか御免だし。それでも、溢れる知的好奇心は止められないのよ。いろんな人の経験談だけはさんざん聞いて、すっかり耳年増になっちゃったけど」

「……そのようですね」

「万年思春期こじらせた高齢処女って、厄介よねー」

自虐的にでもなく、からからと笑うヴィヴィアナに、なんと言ったものかと困惑する。

知識欲を満たしたい気持ちは理解できるが、エレノアの場合、思春期の頃には、因数分解や三角関数や二次方程式にしか興味がなかった。もしかすると、ヴィヴィアナよりも自分のほうが変なのかもしれない。

「話に聞いてるだけだと、アレってすっごくいいものだっていうじゃない？　エレノアも、どうせなら楽しんだほうがお得じゃない？」

「余計なお世話です」

「なんだったら、あたしお手製の媚薬でも分けてあげようか」

「いりません。結構です。我が家は押し売りお断りですので」

「そうは言うけど、魔女の媚薬っていったらすごいのよ。一口飲むなり感度バツグンになって、お堅いあんたもメロメロのとろとろ……」

ふっふっふ、と含み笑いをする高齢処女に頭痛がしてくる。

その後も何かと下世話な話題を続けようとするヴィヴィアナに、夕飯の時間まで付き纏われて、エレノアはぐったり疲弊させられたのだった。

その日の夜、エレノアは遅くまで書斎にこもり、過去の帳簿の点検をしていた。

自分が経理責任者になるより前の出納の記録を、一度確認しておかなければと思っていたのだ。

急ぎの仕事でもないのに、あえて今夜を選んだのは、寝室に行くとすぐさまジェイクに襲われるので、そのときを引き延ばすためでもある。

ヴィヴィアナの前では茶化されそうで言えなかったけれど、彼に抱かれることが本気で嫌だというわけではない。

聞いているほうが恥ずかしくなって土に埋まりたくなる口説き文句にも、最近は少しずつ耐性ができてきたし、たくましい男の体に包まれて全身を愛撫されるのは、正直に言って気持ちがいい。

が、「夫婦生活は月に一度、子供を作るためだけにするもの」と思い込んできたエレノアにとって、連日連夜の性行為は、倫理を激しく踏み越えた、いかがわしい悪徳に思えた。日に日に熟れていく体の変化を感じるのも、堕落の道を歩んでいるようで抵抗があるし
——それに。

(浮かれちゃ駄目。こんなにも幸せなのは、今だけなんだから)

ジェイクから『愛している』だの『可愛い』だのと言われるたびに、エレノアは自分を戒めずにいられなかった。

彼が心の裡を言葉にしてくれるようになったのは、あくまで《魔女の気まぐれ》の効果

によるもの。

つまり、《気まぐれ》の発動期間が過ぎれば、ジェイクはまた元の寡黙な彼に戻ってしまうということだ。

いつかは終わる蜜月なら、今だけは楽しもうと思える前向きな人種もいるのだろうが、あいにくとエレノアは、幸せに慣れたところでそれを取りあげられることを恐れる、悲観的な思考の持ち主だった。

ジェイクに慈しまれるほどに、まっすぐで情熱的なこの彼は、明日にでも消えてしまうのかもしれないと、切ない気持ちが募っていく。

そもそも、不変の愛情などというものが、そう簡単に存在するとも思えない。

今はジェイクに好かれていても、いつか彼の目の曇りが晴れて、他の誰かに心変わりされないとも限らない。

結局のところエレノアは、自分に自信がないのだった。

『君が好きだ』と訴えるジェイクに、同じ言葉を返してほしいと求められても、応えられない理由もそこにある。

――愛を語る資格があるのは、誰の目から見ても綺麗で愛らしい女性だけ。

ジェイクは本心から褒め讃えてくれているのだろうが、それはあばたもえくぼであり、蓼食う虫も好き好きという諺のとおりだ。エレノアが地味で垢抜けない不美人だという事実は、髪の毛一筋ほども揺らがない。

我ながら頑固だとは思うし、ジェイクが喜ぶなら想いを伝えるべきかとも迷ったが、いざとなると喉が詰まって、どうしても言葉が出てこなかった。

そんなとき、エレノアからの告白を待ち焦がれているジェイクは、いつも悲しそうな瞳をする。

(ジェイク様のがっかりした顔は見たくない……)

そう思えば思うほど、彼の前ではやたらとぎくしゃくしてしまい、どう振る舞えばいいのかわからなくなる。

不自然にならない程度に距離を置き、今夜はあわよくば、待ちくたびれたジェイクが先に眠ってくれているといい——そんな目論見もあって、長々と書斎に居座っていた。

「ええと……次はこれね」

積み上げた帳簿から一昨年のものを抜き出して、羽根ペンの先をインクに浸したとき。

「エレノア。入るぞ」

「っ!?」

危うくインク壺を倒して大惨事になるところだった。

書斎の扉が開いて入ってきたのは、寝室で待っているはずのジェイクだった。しかも何故か、茶器の一式が載ったティーワゴンを押している。

「まだ終わらないのか」

「すみません、量が多くて」

ジェイクを避けていたことがばれていないかと、ついしどろもどろになる。

だが彼はなんの疑いもなく、仕事に勤しむ妻をねぎらいにきただけのようだった。

「温かい紅茶を用意した。少し休憩したらどうだ？」

そう言われれば拒む理由もなく、エレノアは帳簿を閉じてソファに移動し、手ずから紅茶を淹れてくれる夫を眺めた。

「メイドはもう、誰も起きていなかったのですか？」

「そうじゃないが、俺がエレノアを構いたかった」

「……はぁ」

「君がそばにいないと、たちまち不安になる。こんなにも愛らしい存在は、俺にしか見えない幻想かもしれないから、少しでも目を離すと消えてしまいそうで」

「……そうですか」

「君の全身を型取りして、等身大の人形を作って、君の匂いのする服を着せて、どこに行くにも抱いて移動すれば、多少は心が落ち着くかもしれない。そうしても構わないだろうか」

「あなたが社会的に死ぬのでやめてください」

相変わらずの血迷った発言を、エレノアはばっさりと切り捨てた。

ジェイクの「本音」には、胸がそわそわするような甘いものと、情事の際の淫らなものと、どこまでも頭の悪いものの三種類があって、最後はまともに取り合うときりがないため、受け流すことに決めている。

初めはいちいち傷ついた顔をしていたジェイクも、

「ゴミ虫を見るように嫌悪感を露にしたエレノアも、稀少で乙というものだ」

と謎の悦びに目覚めたらしく、頬をほのかに染めるようになった。——むしろ事態を悪化させてしまっている気もする。

「ほら。飲むといい」

「ありがとうございます。……なんだか珍しい匂いですね」

紅茶のカップを受け取ると、立ちのぼる湯気から、かすかに異国風のスパイシーな香りがした。

「もらいものの茶葉だ。俺は試していないんだが、エレノアの口に合うだろうか」

紅茶党であるエレノアに対し、ジェイクが好むのは珈琲だ。用意されていたカップも、エレノア一人分だけだった。

「いただきます」

エレノアはカップの縁に唇をつけ、赤みの強い茶を啜った。

ぴりっと舌を刺す風味は、生姜に似ているが少し違う。砂糖は入っていないのに淡い甘みも感じられて、美味といえば美味なのだが。

「んっ……!?」

突然、頭の芯に眩暈を覚え、心臓がどくんっ——と大きな鼓動を打った。

口元を押さえ、カップをソーサーに置くと、向かいに座ったジェイクが慌てたように腰を浮かせた。

「どうした？　火傷でもしたのか!?」

回り込んできたジェイクが、怪我がないかを確かめるように、エレノアの唇に触れた。

瞬間、びりびりした戦慄に撃たれて、エレノアは弾かれたように顔を背けた。

「いやっ……！」

自分で自分の身を抱いて、はぁっ、はぁっ、と息を荒くしているエレノアを、ジェイクは呆然と見下ろした。

「——気分が悪いのか？」

「その、お茶……何か、おかしなものが入って……」

エレノアは震える指でカップを示した。

あの紅茶を飲むなり全身に熱が回り、心臓が暴れ始めた。

肌の内側がちりちりして、ジェイクに触れられた場所に鮮烈な刺激が走った。

因果関係を考えるなら、紅茶の中に何かが仕込まれていたと思うのが自然だ。

「俺が毒を盛ったとでも？　馬鹿な」

語気強く否定した端から、ジェイクははっと口元を押さえ、記憶を辿るように独り(ひと)ごちた。

「……魔女殿、か？」

「ヴィヴィアナさんが……何か？」

「その茶葉を俺にくれたのは、彼女だ。夕食のあとに呼び止められて、紅茶好きなエレノアにぜひ飲ませてやるといいと」

その途端、エレノアはぴんときた。

（やられた……！）

今日の昼間、ヴィヴィアナがやたらと媚薬を押しつけたがっていたことを思い出す。

同時に、ジェイクを疑ってしまったことをエレノアは恥じた。心の声を隠せない彼が何かを企んでいたとすれば、それはすぐにわかることだ。

「しっかりしろ、死ぬな！　すぐに医者を呼んでやるから」

てっきり毒を飲んだと思っているジェイクは青ざめ、エレノアの肩を強く摑んだ。

「まっ……待って。違います」

エレノアは首を横に振った。

「これは、毒じゃなくて……つまり、ヴィヴィアナさんが悪戯のつもりで」

　女同士の赤裸々な会話を再現するのは恥ずかしかったが、サンルームでのやりとりをかい摘んで説明すると、ジェイクは目を丸くした。

「媚薬――だと？」

「ええ、多分。ジェイク様を騙して、私に薬を飲ませて、成り行きを楽しみたかったんじゃないかと……」

　それだけを話す間にも、体の火照り（ほて）はますます強くなり、ジェイクに触れられた肩がぞわぞわしてきた。さすがに魔女の秘薬だけあって、効果は絶大なようだ。

　だからこそ、まずい。

　とても、非常に、切実にまずい。

　これ以上ジェイクと寄り添っているととんでもないことになりそうで、エレノアは彼の胸を押しやった。

「命にかかわるような薬ではありませんから……どうか一人にさせてください」

「だが、今の君は媚薬のせいで苦しいのだろう？」

　尋ねるジェイクの声音には、純粋な気遣いに加え、抑えきれない色めいた気配も滲んでいた。

「俺がそばにいたほうがいいんじゃないのか」

「それ、は……」

「息があがって、瞳も潤んで……とても物欲しそうな表情をしている。見ているだけで、俺も」

「きゃあっ!?」

ソファの上に押し倒されて、悲鳴があがった。

ジェイクがもどかしげにシャツのボタンを外すと、ごくりと動く喉仏と、浮き上がった鎖骨が覗く。

「俺も――堪らなく欲情する」

「っ、駄目！　駄目です……！」

必死に拒否したところで、頭に血がのぼったジェイクの耳には届かなかった。

ドレスの前を開かれ、シュミーズを無理矢理に引き下げられて、乳房の膨らみがふるりと飛び出す。

その頂にしゃぶりつかれて、エレノアは高い声をあげた。

「やぁああっ――！」

「俺が吸う前から、もう硬い……」

ぴちゃぴちゃと音を立てて舐りながら、ジェイクはやや不満そうに洩らした。

「大きくいやらしく育てる楽しみが奪われたのは残念だ」

「な……何言って……んっ、あっ、嚙んじゃ……っ」

　吐息がかかるだけでも悶えてしまう状態で、乳首の先を前歯でこりこりと齧られるのは、拷問にも等しい刺激だった。

　肌という肌が粟立ち、腰が揺れる。

　ジェイクを押しのけようとしていたはずの手が、知らず知らずに彼の二の腕を摑んで、もっとしてくれとばかりに引きつけてしまう。

「あんっ……ん、あぁぁ、はぁっ」

「いつもより気持ちがよさそうだ。やはり媚薬の効果なのか……」

　愉悦に顔を歪めるエレノアを、ジェイクは興味深そうに眺め下ろした。

　少年めいた好奇心のみならず、成人男性のどろりとした欲望を浮かばせて。

「君が満足するまで、俺はいくらでも付き合おう」

「あぁあ、あぁっ……！」

　反対側の乳頭を口に含まれたとき、エレノアの声はまぎれもない悦びに彩られていた。

　さっきまで吸われていた乳首は、唾液に濡れてぬめっており、ジェイクの指にこりこりと強く摘まれる。

「あう、やっ……つねっちゃ、だめ……ぁあぁっ！」

　両方の乳首からひりつく刺激が腰に抜け、びくびくと大きな痙攣が起こった。

弓なりになって固まった体が、ソファの上にどっと落下し、荒い呼吸に喘鳴が混ざる。

「まさか、今——胸だけで？」

達したのか、と訊かれて、エレノアは泣きそうになりながら目を逸らした。

（こんなの、私の意志じゃない……）

桁外れの感度に目覚めた体が、勝手に快感を拾ってしまう。

発情期の猫のような浅ましい声をあげるのも、胸だけで達ってしまうのも、すべて媚薬のせいだから——エレノア自身には、なんの責任もないことだから。

そう自分に言い訳をしないと、罪悪感でおかしくなりそうだ。

一方のジェイクは、普段以上に淫らな反応を見せるエレノアに、興奮を募らせているようだった。

「胸だけではもう、とっくに物足りないということか」

スカートの中に潜り入った手に、愛液の染みた下着を抜き取られる。

それを目の前にかざし、ジェイクはこれみよがしに言った。

「すごいな。ぐしょぐしょに濡れて、絞れそうだ」

「いちいち見たままを喋らないでください……！」

「《気まぐれ》のせいだ。諦めてくれ」

我が夫がこれほどに破廉恥な人物だったなんて——と、エレノアはくらくらした。

それとも、口に出す出さないの違いだけで、男というものは皆、これほどにいやらしいことばかり考えている生き物なのだろうか。

「下着の中も、大変なことになっていそうだ」

ジェイクは言って、ソファから滑り降りると絨毯（じゅうたん）の上に膝をついた。

横倒しになったエレノアの片脚を高々と持ち上げ、背もたれに脹脛（ふくらはぎ）を引っかけるように大きく開かせてしまう。

「やっ……！」

脚の付け根までスカートがめくれ、どろどろになった秘処が丸見えにされた。

慌てて手で押さえようとしたが、ジェイクが顔を寄せて舌を伸ばすほうが早かった。

「ここも、皮がめくれて——小さくて可愛い珊瑚（さんご）粒が、もう全部見えているな」

莢（さや）から飛び出した秘玉（ひぎょく）を、ジェイクがざらついた舌でぐりりと押し込む。

ほんのそれだけで腰が跳ね、大きすぎる戦慄が走った。

「だめ……そこ、駄目なの……お願いっ……！」

火をつけられたようにかっかと熱くて、どうにかなってしまう。

「ほんとに、つらいから……許して……いやぁ……っ！」

啜り泣くエレノアの訴えを、しかしジェイクは、まるで反対に解釈した。

「可哀想に。ここがこんなにも腫れてしまうほど苦しいのか」

熟れた柘榴(ざくろ)のごとく真っ赤に充血した媚肉に、痛ましげな視線を注いで。

「安心しろ。すぐに鎮(しず)めてやる。俺が助けてやるからな」

陰核を啄(ついば)まれながら、二本の指が淫路にずぶずぶと押し入ってきた。

「は、あっ、ぁあああああっ――！」

膣内がぎゅっと強張って収縮したのは、怯えにか、歓喜にか。

侵入した指の質量分だけ、充満していた蜜液が溢れて、ソファの布地にぼたぼたと濃い染みを作った。

「君のいいところを、たっぷり掻き混ぜてやろう」

突き立てられた指が、ぬちゅりぐちゅりと卑猥な音を奏で始める。

夜毎(よごと)に繰り返す営みのせいで、ジェイクはエレノアの弱点をすっかり把握していた。

狭い場所に強引に出し入れされて、硬い関節に内壁を抉られるのが、気が遠くなるほど心地いい。

「あっ、あっ、あっ……やぁあっ、あああっ！」

「そんなふうに、ぐいぐいと腰をせり上げて」

身悶えするエレノアを、ジェイクは心底愛おしそうに見つめた。

「我を忘れて乱れるエレノアは、本当に綺麗だ。君としては不本意だろうが、魔女殿に感謝したくなる」

艶やかに濡れ光る淫玉にキスをしながら、ふと思い出したようにジェイクは言った。

「感謝といえば。俺に授けられた《魔女の祝福》も、思いがけないところで役立ったな」

(どういうこと……?)

もはやまともに喋れないエレノアは、ぼんやりした眼差しで尋ねた。

確かジェイクの《祝福》は、「深爪をしない」というささやかなものだったはずだが。

「こうしてエレノアに触れるとき、大事な場所を傷つけることのないように、毎日爪を切るようになったから。うっかり切りすぎることがなくて、助かっている」

「っ……」

これ以上熱くなることはないと思っていた顔の表面温度が、また上がった。

そんなことを言われては、これから爪切りを見るたびに、猥褻なことを連想せずにはいられなくなってしまう。

そうこうする間にも、濡れ襞をぬちゃぬちゃと引き伸ばされて、愉悦が高まっていった。

体内を刺激されながら、露出した肉粒を舐めしゃぶられ、ちりちりと尖った快感が集っていく。

「ん……はぁ……ぁんっ……ぁあっ……」

エレノアの口元からは涎が零れ、アイスブルーの瞳は焦点を失って濁った。

ジェイクの指も舌も気持ちがいい。

よくて、よすぎて――だけど、もっと。

もっと強い快楽が欲しい。

自分が何を求めているのか意識したと同時に、ジェイクが秘処から顔を離し、体内の指が抜かれた。

「あ……っ」

明らかに残念そうな声が洩れて、エレノアは口元を押さえた。

浅ましい反応を見逃さず、ジェイクが人の悪い笑みを浮かべる。

「どうした、エレノア」

「あ……あの……」

「素直に、思ったままを言えばいい」

喉の奥に凝った言葉を引き出そうとするかのように、ジェイクの指が下唇をなぞった。

それだけでも、エレノアの背筋はぶるりと震えた。彼に触れられる場所のすべてが、性感の塊と化してしまったかのようだった。

「俺は君の夫で、君は俺の妻だ。遠慮も恥じらいも必要ない。だろう？」

そこまで言われても、エレノアはまだ躊躇った。

そもそもこういった場面において、どんな顔をして、どんなふうにねだればいいのかわからない。

（ジェイク様のを……中にほしい、だなんて……）

「言えないか？」

顔を真っ赤にし、もじもじと肩を揺するエレノアに、ジェイクが苦笑した。

「難儀だな。いっそ君も、俺と同じ《気まぐれ》にかかってしまえばいいのに」

ジェイクが身を乗り出し、エレノアの前髪を掻き上げた。

露わになった額に額をこつんとぶつけて、優しく囁く。

「いやらしく俺を求めてくれるエレノアも見たいが……約束したからな。媚薬の苦しみから助けてやると」

「ジェイク様……」

淫らな要求を口にせずにすんだと安堵したのは一瞬で、「そのかわり」と彼は続けた。

「自分で脚を広げてくれ」

「えっ……」

「言葉にする代わりに、態度で君の意志を示してくれ。いつも俺のほうから迫るばかりで、エレノアに受け入れてもらっているのか不安なんだ」

訴えるジェイクの瞳は深い憂いを帯びていて、エレノアは胸をつかれた。

――彼の言うとおりだ。

夫が求めるなら拒む権利はないと思い、露骨な抵抗こそしなかったが、はっきりした同意のもとに抱き合ったことは一度もなかった。

それでなくともエレノアは、ジェイクに「好きだ」と言えていないし、この先言える気もしない。

望む言葉を返されないジェイクの、悲しそうな顔を見るのはつらくて――嫌っているわけでないことだけは、せめて伝えたくて。

具体的なその方法は、ひどく恥ずかしいけれど、似合わない愛の告白をするよりは、いくらかマシかもしれない。

それに今なら、媚薬の熱に酔わされて、思わず従ってしまっただけだと弁解できる。

「ジェイク様……こちらに……」

エレノアはソファの上で身を起こし、ジェイクの首に手を回した。

彼の体を引き寄せて、視線を後ろの壁に向けさせる。いくらなんでも、自分から大きく開いた股間を彼の目に晒すのは耐えられなくて。

しかしそれがジェイクには、エレノアが積極的に誘っている仕種に思えたらしい。

「エレノアっ……！」

瞬時に獰猛な気配を纏うや、エレノアの両膝をがっと摑み、膝立ちのまま性急に腰を突き込んできた。

「ああああっ――！」

ぐちゃぐちゃに濡れた秘口に、熱い楔がひと息に分け入ってくる。

焦がれ続けた熱杭でずっぷりと貫かれる悦びに、視界がちかちかした。

そのまま両脚を肩に担がれ、ソファに据えた腰から二つ折りにされるような恰好になる。

巨大な肉茎を呑み込んだまま、下腹をぎゅうぎゅうと圧迫され、エレノアは天井を仰いで喉を反らした。

「……は……いつも以上に、中が絡みついてくる……」

猛々しい雄刀を収めきり、ジェイクはエレノアの耳元で宣言した。

「君の一番いいところに当たるように、たくさん動くからな」

一旦腰を引かれた直後、ずぷんっと奥まで突き入れられて背中が撓った。

ジェイクの指が尻肉に食い込み、花唇ごと広げるように大きく開かれ、挿入がさらに深くなる。

鋼のような硬度を誇る肉棒が、熟しきった内部を凶悪な勢いで穿った。

「ああ、やぁ、ぁん、ぁあっ――!」

ぱつぱつと張りつめた太いものが、入り口に引っかかって擦れ、抜き差しされるたびにきゅうきゅうと中がうねる。

ジェイクが眉間に皺を寄せ、困ったように息をついた。

「そんなに締めつけるな……こっちが動けなくなるだろう」

「知りませ……そんなこと、してな……っ」

「している。行かないでくれと言うように、根本からぎゅうぎゅうに絞られて」

「んぁ、あっ……あああっ……やぁあっ……！」

疼きどおしだった場所をずっくずっくと往復され、体が浮くような悦楽に、憚りのないよがり声が空気を裂いた。

斜めにせり上げられた亀頭が、臍の裏側をずりゅずりゅと引っ掻き、肉竿に浮き立つ血管が、ぷくりと膨れた花芽を絶妙な角度で押し潰す。

己が心地よくなるよりも、ただひたすらエレノアに快楽を与えようとする——一途なその想いが伝わって、エレノアはいつしかジェイクの背中を、強く掻き抱いていた。

「……君に抱きしめられるのが、好きだ」

額に汗を滲ませながら、ジェイクは陶然と呟いた。

「こうしているときだけ、君は俺に手を伸ばしてくれる。だから俺は、いつでも君を、滅茶苦茶に抱いていたくなる——……」

「んっ……ん、う……」

激しい律動の中、唇を塞がれ、エレノアは甘美な酩酊を覚えた。

貪るように舌を吸われ、ほんの一瞬離れたかと思うと、また息つく間もなく覆われる。

性器同士が繋がるように、口と口とでも深く交合う。

そうして、エレノアの理性もすっかり蕩けきった頃。

「俺とこうしているのは、気持ちがいいか？」

「あっ……っ……はい……」

互いの唾液に濡れた唇は、思いがけず素直な肯定の言葉を紡いだ。

途端、ジェイクが破顔した。

「そうか」

汗と体液にまみれていかがわしいことをしている最中とも思えない、無邪気で晴れやかな笑みだった。

（ジェイク様は、こんなふうにも笑えるの……？）

思わずぼうっと魅入ってしまい、胸が甘く引き絞られる。

しかしその直後、ジェイクは慌てたように表情を引き締めた。

「っ……嬉しすぎて、油断するところだった」

「油断？」

「だから、つまり——君の中で、すぐにでも果ててしまいそうになる」

白状したジェイクは、不甲斐なさを振り切るように、さらに荒々しく腰を遣った。さっきよりも高らかに、ぷちゅぷちゅといやらしい音が響く。

尻の下のソファは、すでにじゅぐじゅぐに濡れそぼち、布地ごと張り替えなくてはいけないほどに汚れていた。

「あっ……あ、あぁぁっ、やぁん……！」

浅い場所で鮮やかな快感がひらめき、奥を突かれて重い衝撃が弾けた。

恥丘を打ちつけられるごとに、敏感な秘芽がひりひりと擦られ、宙に浮いた爪先が反り返る。

ジェイクの顔をもっと見ていたいのに、喜悦の涙が湧き上がって、どうしようもなく視界がぼやけた。

「あ、あ……ジェイク様……っ」

エレノアははくはくと息を吸った。

下腹が勝手に躍動し、どこか遠くへ攫われてしまいそうだった。

それが怖くて寂しくて、しっかりと繋ぎ留めておいてほしくて、しがみつく腕にさらなる力がこもる。

応えるように、ジェイクもエレノアの上体を強く抱きしめ、最奥をがむしゃらに突き上げてきた。

「や、だめ、ぁあっ、だめぇ……っ」

「本当に駄目なわけじゃないだろう？」

「だ、って、ぁあっ……もう……」

「教えてくれ。俺はこのまま続けていいのか」

「んっ……ん、その、まま……ぁあっ」

堪らずに本音が洩れた瞬間、心得たとばかりに抽挿の速度があがった。

込み上げる快感の濁流に、全身ががくがくと跳ねる。

顎が突き上がり、結合部から泡立つ蜜がどぷりと溢れ、溺れる人のようにもがいて、暴れて。

「ぁあ、ぁああ、はぁっ、ああんっ……――!」

――ジェイクと自分の体の境目が、完全に溶けてなくなった。

そんな錯覚を覚えると同時に、エレノアは大きな絶頂に飛んでいた。

無重力の中に放り出されたような感覚の中、声にならない声をあげて、ジェイクの髪をぐしゃぐしゃに掻き乱す。

彼とひとつになった体は、その間もずっと揺さぶられ続けていた。

「やっ……もう、動かないで……――」

ひとたび達したせいで鋭敏になりすぎた蜜洞を、ジェイクはなおも突き捏ねた。

気持ちよさも限度を過ぎれば、それは苦痛と紙一重だ。感じすぎてひぃひぃと啜り泣きながら、エレノアは懸命に懇願した。

「お願い……止まっ、て……」

「だが」

息を弾ませながら、ジェイクはうっすらと笑った。

「君の奥は、俺を食い締めて放してくれない」

「そんな……あっ、あっ」

「まだ足りないと、ねだられている気がする。違うか？」

恐ろしいことに、ジェイクの言い分は当たっていた。

たった今気を遣ったばかりだというのに、新たな飢餓感が湧き起こり、膣奥を叩かれる刺激に濡れ襞がはしたなく蠢く。

（魔女の媚薬……なんて代物なの……っ）

この事態を引き起こしたヴィヴィアナを詰りたいが、当の本人はここにはいない。

「大丈夫だ、エレノア」

エレノアの瞳を覗き込み、ジェイクは力強く言った。

「君に触れていると、俺の性欲はどれだけでも漲ってくる。朝まででも、明日の夜まででも、こうしていられるから」

「あ、明日の夜……!?」

本当に、それまでに薬の効果が切れなかったらどうしよう。

慄きが走った端から、ジェイクがぐりぐりと腰を押し回してきた。

「ぁあっ、また……ああん、はぁぁ……っ」

ずんずんと奥を突かれれば、心身ともにとろとろに溶かされ、エレノアは再び官能の渦に呑み込まれた。

きりもなくキスをされ、とめどない快楽を浴びせられて、たくましい腕の中で、何度も何度も意識を飛ばした。

5章　冴えない妻の華麗なる変身

翌日の午後。

「っ……腰が……腰が、立たない……」

自室のカウチでうつ伏せになり、エレノアは恨めしく呻いた。

朝まで一睡もできずに抱かれ続けた結果、股関節はがたがたで、生まれたての小鹿のように膝が震えて歩けないのだ。

唯一の救いといえば、夜まで待たずに、どうにか媚薬が抜けたことだが――。

「あーもう、あたしが悪かったってば！　そんなじっとりした目で見ないでよー」

斜め向かいの椅子に腰かけ、蓮っ葉に脚を組んだヴィヴィアナが、チェリーピンクの髪をがりがりと掻き回した。

「紅茶に媚薬を仕込んだのに、悪気はなかったのよ。あんたとジェイクがもっと仲良くなれるように、少しでも手助けできたらってつもりで」

「本音でどうぞ、ヴィヴィアナさん」

「効果のほどを確かめて、こっそり高値で売りさばくつもりでしたゴメンナサイ」

まるで反省していない様子で、ヴィヴィアナはぺろりと舌を突き出した。

「でもどっちかって言うと、効き目があったのはジェイクのほうよね。媚薬で発情した嫁の姿にますます興奮して、馬並みの勢いで抜かずの五発――だっけ？」

「見てたんですか!?」

「水晶玉を使った遠見(とおみ)の術は、魔女の専売特許よぅ」

けたけたと笑い転げるヴィヴィアナを睨みつけ、体さえ動けば首を絞め上げてやるのに――と、エレノアは歯ぎしりした。

「ま、ここはお詫びのしるしとして、あたしの黄金の指(ゴールデンフィンガー)に身を委(ゆだ)ねてみなさいな」

両手の指をわきわきと動かして迫り来るヴィヴィアナに、エレノアはたじろいだ。

「な、何をするんですか？　……ひゃあっ！」

「じっとしててよ。ただの指圧よ」

カウチの端に座ったヴィヴィアナが、倦怠感の抜けない腰をぐっぐっと揉み解(ほぐ)していく。

小さな手からは想像もつかないほど、その刺激は力強くて快適だった。

「……気持ちいい、です」

吐息とともに感想を洩らせば、「でしょー？」と得意げな声が返る。

「ついでに赤ちゃんができやすくなるツボも押しといてあげるわね」

ぜひとも効能があるといい、とエレノアは祈った。

ラヴィエル家の跡取りを純粋に望んでいることもあるが、いくらジェイクでも妊婦相手に、昨夜のような無茶はしないだろうから。

「そんなにつらいの？」

目を閉じて苦い顔をしているエレノアに、ヴィヴィアナが初めて、本気で心配そうに尋ねた。

「いいえ。体のこともありますけど……実は午前中に、王宮から招待状が届いて」

「招待状？」

「国王の甥御様の成人祝いに、大規模な舞踏会が開かれるんだそうです。開催は今日から半月後です」

「いいじゃない、舞踏会。ご馳走もたっぷり出るんでしょ」

「それまでに、ジェイク様の《気まぐれ》が治まらなかったらどうすれば？」

国王直々の招待とあらば、よほどのことがない限り、欠席は許されない。

エレノアの気がかりは、王宮という改まった場で、ジェイクが《気まぐれ》による粗相をしでかさないかということだった。

「なるほどね。王様に向けて、『国民の税金で美味いもん貪り食って、ぶくぶく肥え太ってんじゃねぇぞ、このデブ』とか言っちゃったら、爵位も領地も没収されかねないもんね」

「なんとかならないんですか!?」

「だから、《気まぐれ》の症状はあたしにもどうしようもないんだってば。その日までに治まってくれることを祈るしかないわよ」

「ああ……」

エレノアはがっくりとうなだれた。

王宮からの招待に際し、憂鬱になる理由は、ジェイクのことだけではなかった。

指圧を受けるうちに扉がノックされ、入ってきたのはノーマだった。

「奥様、失礼します」

その腕にどっさりと抱えられている冊子類を見て、エレノアは注射をされるとわかった子供のように情けない顔になった。

「街の本屋で、この秋のファッションプレートを手に入る限り買い漁ってきましたよ。王宮の舞踏会ともなれば、いくらなんでも、いつものみすぼらしい恰好で行かせるわけにはまいりませんからね」

私の侍女魂にかけて！　と意気込むノーマの鼻息は、興奮した牡牛のように荒かった。

ファッションプレートとは、最新流行のドレスや髪型が色刷りされ、着回しの方法や装身具の合わせ方などが書かれたものだ。お洒落に熱心な淑女たちは、これらを参考にして、新しい服を季節ごとに仕立てるのだ。

「見せて見せて！」

ヴィヴィアナがぱっと表情を輝かせ、ノーマに飛びついた。二人の女の手で、色とりどりのファッションプレートがテーブルいっぱいに広げられる。

「やだー、この葡萄色のドレス、すっごく可愛い。踝丈っていうのが今っぽいし、こっちのフェルトの帽子と合わせてもいいし、小さめのビーズ刺繍のバッグなんか持ったら華やかかも」

「あら、ヴィヴィアナ様ったら。そんな奇天烈なお召し物でいらっしゃる割に、なかなかセンスがよろしいじゃないですか」

「あたしくらいのお洒落上級者だと、凡人にはなかなか理解されないのよね。だけど、こういうお行儀のいいスタイルも嫌いじゃないわよ。流行って数十年単位で繰り返すから、ずっと見てると面白いし」

「ずっとって、ヴィヴィアナ様はおいくつでいらっしゃるんですか」

「乙女に歳を訊くのは野暮ってもんでしょ」

「そのとおりですわね。私だってこう見えても、心はいつまでも乙女ですもの」

一瞬で意気投合し、うふふふ、ほほほほ、と笑い合った二人は、同時にぐるりと首を巡らせ、エレノアを見やった。

「さ、奥様」

「ほら、エレノア」

「仕立て屋を呼ばなければなりませんから、舞踏会のためのドレスをお選びください」

「手袋も帽子も靴もアクセサリーも、ついでに化粧のイメージも決めちゃうわよ」

「無茶言わないで……」

腰痛で身じろぎできないエレノアは、地面にへばりついた亀のような体勢でぼやいた。

「私は着飾ることに興味がないし、センスってものが壊滅的だし、そもそもこの顔に似合う服なんてないの。何を着たっておんなじで……」

そこまで言って、エレノアの脳裏にふと蘇ったのは、ロクスバーン侯爵家の夜会で出会ったウォルターの言葉だった。

『たとえ金があったところで、センスのかけらもない彼女じゃ、ろくな装いもできないだろうが』

『同情されるべきなのは、外れクジを摑まされたラヴィエル伯爵だろう』

あのときの屈辱を思い出すと、胃の底が焦げるように熱くなった。

自分がみっともない恰好をしていると、一緒にいるジェイクにまで恥をかかせてしまう。

　ならばせめて、本意ではなくとも、最低限は身だしなみに気を遣うべきなのかもしれない——エレノアは、このとき初めてそう思った。

「ノーマとヴィヴィアナさんで、適当なドレスを選んでくれる？　できるだけお金をかけないで、悪目立ちもしないように……」

「は？　人任せなの？　甘えてんじゃないわよ」

　ヴィヴィアナがむっとしたように、エレノアの鼻先に指を突きつけた。

「舞踏会や夜会ってのは、いわば女の戦場よ。生きるか死ぬかの戦いに挑もうってときに、自分の武器も選べない覇気のなさで勝てると思うの？」

「せ、戦場？」

「よくぞおっしゃってくれました、ヴィヴィアナ様！」

　面食らうエレノアをよそに、ノーマがここぞとばかりに同意した。

「いくら言っても、奥様はこういうことに消極的で、歯痒いったらありゃしません。せっかくもともとのお顔立ちは整っていらっしゃるってのに」

「————え？」

　エレノアは耳を疑った。

　なんだろう。この流れには既視感がある。

　ジェイクが初めて《魔女の気まぐれ》にかかって、

『君は今日も輝くばかりに可愛いな』

　と衝撃的な言葉を発したあのときと。

「そうよ。あんた、自分のことブスブスって言うけど、素材自体は悪くないわよ」

「!?」

　ヴィヴィアナまでおかしなことを言い出して、エレノアは目を剝いた。

「そりゃ、絶世の美女とまではいかないけど、知的清楚系で充分アピールできるから。目は雰囲気のある奥二重だし、鼻だって別に低くないし」

「お肌も綺麗ですし、髪にもちゃんと艶がありますしね」

　ノーマとヴィヴィアナが口々に言って、エレノアは余計に混乱した。

「で……でも、今までそんなこと、誰も言ってくれなくて」

「あんた、勉強勉強ばっかりで、友達一人もいないもんね。だけど今は、旦那が嫌ってほど『可愛い』って言ってくれてるじゃない」

「だってあれは、ジェイク様の美意識がおかしいから」

「もちろん惚れた欲目もあるだろうけど。本気で見る目が狂ってたら、貿易の仕事なんかやってられる？　彼が扱ってる品の中には、美術品だってあるんでしょ？」

　言われてみればそのとおりだ。

　けれど長年の思い込みは、容易には落とせない油汚れのように、エレノアをなおも意固地にさせる。

「だけど、周りからはいつも地味だとか、華がないとか笑われてるし……」

「いい歳の女がスッピンで、ひっつめ髪で、暗くてダサい服ばっかり着てたら、そりゃ絵面的にキツイって」

歯に衣着せないヴィヴィアナに次いで、ノーマも尻馬に乗るように言った。

「洗顔後の化粧水や乳液ですら、私がうるさく言わないと、ちゃんと塗ってくださらないんですよ。お嫁入り前は侍女すらいなかったっていうんですから、まったく何もなさってなかったはずです」

「うっそ、それ本当？」

驚いたように尋ねられ、エレノアは身をすくめた。

ヴィヴィアナにそのつもりはないのかもしれないが、女としてありえない、恥ずかしくないのかと非難されているような気がして。

（だから嫌なのよ……）

こんな自分でも十代の後半頃は、周囲に置いていかれるのが不安で、肌の手入れくらいはしてみようかと考えたことはあったのだ。

けれど、勇気を出して化粧品の店に行ってみれば、その品揃えの多さに圧倒された。

化粧水ひとつにしても、保湿力の高いもの、素肌の汚れを拭い取るもの、さっぱりしたつけ心地のもの、爽やかな香りで癒やし効果のあるもの——と数えきれないほどの種類があって、どれを選べばいいのか途方に暮れる。

尋ねようにも、店員たちは誰もがとびきりの美人ばかりで、冴えない自分を嗤っているのではないかという被害妄想に駆られた。

結局、エレノアはひどくみじめな気分で、何も買えずに店を後にした。

あんな店で買い物をするのは、まだ早い。そのうちまた覚悟ができたら——と先延ばしを繰り返し、ついつい今日まで来てしまった。

さらに言うなら、エレノアはどこかに弁明の余地を残しておきたかったのだ。

自分が綺麗でないのは、まだなんの努力も始めていないからだと。

いつか本気になって頑張れば、多少は見られるようになるかもしれないと。

裏返せばそれは、あれこれと手をかけても何も変わらない可能性を、怖くて直視できなかったということでもある。

「ふーん、なるほどねぇ」

ヴィヴィアナが手を伸ばし、エレノアの頬をぴたぴたと触った。

「そんな適当な手入れしかしてないのに、このしっとり感と肌理の細かさと色の白さはほとんど奇跡ね。きっともともと肌が丈夫なんだわ。白粉なしでもこの状態なわけだから、美容に躍起になってる同性からしたら、嫉妬して厭味のひとつも浴びせたくなるんじゃない？」

（――嫉妬？）

思いもしない言葉に、エレノアは呆気に取られた。

自分が誰かを羨ましいと思うことはあっても、その逆などありえないはずなのに、ヴィヴィアナはからかっているわけではないようだ。

「ついでに言うと、大抵の男どもは目がついてるようでついてないから、何言われても気にすることないわよ。あいつら化粧次第でいくらでも騙せるし、巨乳以外は女と思ってないような連中もいるし」

「そうそう。私だって若い頃は、この胸で何人もの殿方を悩殺したものですよ」

得意げに上体を揺するノーマは、確かにぱんぱんの西瓜(すいか)をふたつ並べたような乳房をしていた。

「あら。今、思いましたね？　胸は大きくても、そこ以外にもたっぷりついてる脂肪はどうなんだ、って」

「え……それは、あの……」

そこまで意地悪なことを思ったつもりはなかったけれど、似たようなことを考えなかったとは言えないので、エレノアは言葉に詰まった。

ノーマは気を悪くした様子もなく、陽気に笑った。

「いいんですよ。確かに昔は、太りやすい体質に悩んだりもしましたけどね。きっかけは胸目当てでも、恋仲になってしまえば、どの殿方も『君のクリームパンみたいな手を握ると癒やされる』だの『そのぽっちゃりした頬にできるえくぼが最高にチャーミングだ』だの、優しいことを言ってくれたもんです」

遠い過去を懐かしむように、ノーマは唇を綻ばせた。

幸福そうなその笑みが、はっとするほど美しく見えて、エレノアは目を瞬いた。

「女を何より綺麗にするのは、高価な宝石でも化粧品でもなく、誰かに心から愛されてる自信ですよ。その条件だけなら、奥様はすでに満たされてるじゃないですか」

「だからあとは、知識とテクニックなんだって」

ヴィヴィアナは腕を組み、エレノアを見下ろして説き伏せた。

「正直、今のエレノアにお洒落のセンスは皆無だけど。それだって勉強すれば、ちゃんとそこそこ身につくものよ」

「勉強……？」

「あんた、頭いいんでしょ。数学が好きだっていうなら、暗記も応用も得意でしょ」

戸惑うエレノアに、ヴィヴィアナはなおも畳みかけた。

「あたしもノーマも相談に乗るし、アドバイスならいくらでもしてあげる。だけど最終的には、エレノアが自分でドレスを選んで、化粧までできるようになりなさい。じゃないとあんたはいつまでも、卑屈な言い訳ばっかりしてるブスのままよ。見た目じゃなく、心意気の問題よ？」

自分よりずっと長く生きてきた魔女の言葉には、エレノアごとき小娘では反論できない重みがあった。

ずっと先送りにしてきた課題と、向き合うときは今かもしれない。

そうすることで、少しでもジェイクと釣り合う自分になれるなら。

「わかり、ました……やってみます」

ヴィヴィアナの紫の瞳を見つめながら、エレノアは呑まれるように頷いた。

国王主催の舞踏会が、いよいよ開かれるという日の夕刻。

王宮に向かう主夫妻を見送るべく、玄関ホールに集まった使用人たちは、己の見ているものが信じられずに目を擦った。

「大変失礼ながら……見違えましたぞ、奥様」

ようやく《魔女の気まぐれ》が治まり、尻を振らなくなった執事のランドルフが、感嘆の息をついた。

「そうでしょう、そうでしょう」

ノーマがハンカチで潤んだ目元を押さえ、

「あたしたちの教育がちゃーんと実を結んだってことよね」

と、ヴィヴィアナは得意げに胸を張った。

それを合図に、使用人たちがわっと堰を切ったように騒ぎ立てる。

「お綺麗です！　そのドレスも髪型も、とてもよくお似合いです」

「奥様ってこんなに美人だったんですね」

「どうしてこれまでちゃんとなさらなかったんですか？　もったいないにもほどがあります！」

「いやぁ、これは旦那様の反応が楽しみですねぇ」

「……皆、そんなに見ないで」

俯くエレノアが身に纏っているのは、胸の下に切り替えのある、深藍色のドレスだった。海の底からすくいあげたような、とろりとした青の濃さは、エレノアの白い肌をこの上なく引き立たせていた。

細すぎて貧相に見える肩は、控えめに膨らんだパフスリーブに覆われ、肘の下から広がるフリルが華やかさを演出している。

全体にビーズ刺繍を施し、アシンメトリーにタックを取ったスカートは、腰周りのボリュームのおかげで、吹けば飛ぶような体格を女らしいものに見せていた。

いつもは立襟で隠されていたデコルテも、今はすっきりと晒され、上品な一粒ダイヤの首飾りが、華奢な鎖骨の中心で輝いている。

きつくひっつめるばかりだったシニヨンは解かれ、香油を擦りこんで艶を増したのちに、耳の脇から編み込みにして片側に流し、毛先に鏝を当ててゆるいカールを作った。ところどころに挿した飾りピンは、イヤリングとお揃いの、花を模った真珠細工だ。

苦手意識しかなかった化粧にも、今日は思い切って挑戦している。

顔色をよく見せる白粉と頬紅を選び、目元にはドレスと合わせたパールブルーの色粉をなじませた。

眉を描き、唇に紅を塗って、手首の内側にはシトラス系のパルファムをほんの一滴――と、今までの無精ぶりからすれば、大いなる進化を遂げたわけだが。

（……本当に、これでおかしくないのかしら？）

皆が口々に褒めてくれるが、エレノアはまだ自信が持てなかった。

とはいえ、この半月間で、できる限りの努力をしたという自負はある。

センスとは「勉強」によって磨かれるものだと言われたことから、新しい数学の単元を学ぶときのように、エレノアは綿密な計画を立てた。

まずは時間の許す限りファッションプレートを読み込み、さらに実際に街に出て、何軒もの洋品店を巡っては、女性たちの装いを目に焼きつける。

そうすることで今季の流行を肌で感じることができたし、被服費の相場というものも概(おおむ)ねわかった。

お洒落とはお金がかかるものという負のイメージしかなかったが、よほどの贅沢をしない限りは、ラヴィエル家の財政を圧迫しないと安心できたことは大きかった。

次にエレノアが取り組んだのは、色彩学の本を繙(ひもと)くことだった。

あらゆる色の明度、彩度、色相とともに、基本的な配色技法を頭に叩き込む。それぞれの髪や瞳や肌質によって、似合う色と似合わない色があることも知った。

どれほど複雑な公式でも暗記できるエレノアにとって、これはさほど難しいことではなかった。色彩学を網羅しておけば、ドレスを選ぶ場合だけではなく、化粧をするときにも役に立つ。

化粧といえば、それこそエレノアの本領が思いがけず発揮できる分野でもあった。

そもそも「美人とは何か」と根本的な疑問に立ち返ったとき、個人の主観や雰囲気といった曖昧な要素を抜きにすると、「万人が美しいと感じる比率のもとに、目、鼻、口が配置された顔の持ち主」と定義される。

この「万人が美しいと感じる比率」を、数学の世界では黄金比という。

数列や正五角形の中にも存在するが、身近なところでは巻貝の螺旋や、向日葵(ひまわり)の種の並び方にも見られるものだ。

顔全体のバランスに、各パーツの位置や大きさ。

生まれ持ったそれらを変えることは不可能でも、できるだけ黄金比に近づけるべく眉やアイラインを描いたり、余白を広く見せるようにハイライトを入れることはできる。

実際に筆や刷毛を使って化粧をしたり、髪を巻いたりする作業は、不器用なエレノアを手こずらせた。

だが、これにはヴィヴィアナが全面的に協力してくれた。

『あたしの顔も頭も、好きなだけいじってくれていいから』

と、自ら練習台になってくれたのだ。

香水や白粉の芳香がたゆたう中、愛らしい少女と向き合って、きらきらした宝石やドレスに囲まれていると、エレノアの心は不思議に浮き立った。

髪を結って、爪を染めて、肌に香油を擦り込んで。

外からは見えない下着も新しいものに買い替え、全身にメリハリをつける体操に励み、柔らかく丸みを帯びた体型を作るべく、食べるものにも気を遣う。

ほんの半月の間だけでも、自分の心と体がみるみる変化していくのがわかって、エレノアは戸惑いながらもどきどきした。

努力をした分だけ、成果が見える。それは何かを学ぶときと同種の喜びだったから。

「じゃ、今からジェイクを呼んでくるわね！」

ヴィヴィアナが足取りも軽やかに、階段を駆け上がっていく。

とっておきの変身姿は先に使用人たちに披露して、それからジェイクに見てもらおうと提案したのは彼女だった。

（……ジェイク様はなんておっしゃるかしら？）

彼を待つ間、エレノアはなんとも言えずそわそわした。

以前の荒淫ぶりとは一転、ジェイクとは近頃、ほとんど寝室を共にしていない。

体調が悪いのだと言い訳し、ヴィヴィアナとノーマから様々な手ほどきを受けるべく、夜は自室にこもっていたのだ。

ヴィヴィアナたちは、突然垢抜けてびっくりさせよう！　とはしゃいでいたし、エレノアとしても、

『あなたに恥をかかせないために、綺麗になろうと思います』

とわざわざ宣言するのも気恥ずかしくて、何も言えないでいた。

やがて舞踏会用の盛装に着替えたジェイクが、ヴィヴィアナに先導されて螺旋階段を降りてくる。

エレノアの緊張感が高まり、主人の口からどんな麗々しい賛辞が飛び出すのかと、使用人たちは楽しそうに待ちかまえた。

だが。

「………………」

エレノアの前に立ったジェイクは、頭から爪先まで、ゆっくりと視線を往復させた。

その唇は、固く引き結ばれたまま動かない。《魔女の気まぐれ》が始まって以来、多弁を極めていた口が、なんの言葉も発さずにいる。

（どうしたのかしら、今日は？）

首を傾げたエレノアの手を、ジェイクは出し抜けに摑んだ。

そのまま力まかせに引きずって玄関をくぐり、停まっていた馬車に乗り込む。

「出せ」

命じられた御者が困惑しつつ手綱を取ると、馬車はごとごとと動き出した。

何が起こったのかわからず、外に走り出てきたヴィヴィアナや使用人たちの姿が、あっという間に遠くなる。

「あの……？」

「不愉快だ」

隣に座ったジェイクが吐き捨て、エレノアの身は凍りついた。

「君のその恰好――髪など巻いて、化粧までして、胸元をそんなにも晒すドレスを着て」

「申し訳ありません……！」

エレノアはとっさに頭を下げた。

「似合っていないのですね？　私のような女がこんな恰好をするのは、やはり分不相応だったのですね……？」

努力は無駄どころか裏目だったのだと、エレノアは唇を噛んだ。

使用人たちは立場上、お世辞を言うのは当然だし、ヴィヴィアナやノーマは自分たちがけしかけた手前、本当のことが言えなかったのだろう。

どれだけ化粧や着るものに手をかけたところで、醜いものは醜い。

嘘をつけないジェイクが『不愉快だ』と言うからには、自分は何をどうしても救いようがないほどに、女として失格なのだ。

今すぐに、ここから消えてなくなりたい――絶望にも似た気持ちに囚われていると、ダンッ！　と鈍い音がした。

馬車の窓枠を、ジェイクが拳で打ちつけたのだ。

「そんなふうに目立つ恰好をしたら、君が美しいということが、万人の目に明らかになってしまうだろう!?」

「……え？」

目を瞠るエレノアの前で、ジェイクは苛々と続けた。

「エレノアが世界を征服できるほどに可愛いことは、俺だけが知っていればいいことなのに。くそっ、王宮になんか行きたくない。男という男が君に群がって、暴動が起きるに決まっている」

「暴動は起きないと思いますが……つまり、私のこの恰好は、変ではないということですか？」

「当たり前だ！」

ここまで怖い顔で怒鳴られる謂れがわからない。

「似合っている。似合いすぎていて心臓が痛い。こんなにも俺の胸をときめかせて、君はもしかして殺し屋なのか。俺を心不全で殺す気だな？」

「殺しませんよ！」

ついつられて、エレノアも大声をあげた。

その後、安堵にどっと力が抜ける。あれこれと気を揉んで緊張したのに、結局のところジェイクは、エレノアが何をしてもしなくても「可愛い」と言ってくれてしまうのだ。

(だからって、言い方ってものがあるじゃないの……)

いじいじと不満を感じている自分に気づき、エレノアははっとした。

無意識のうちに、彼からもっとストレートな賞賛を贈られることを期待していた。

《魔女の気まぐれ》のせいで訪れた甘美な時間に、慣れてはいけないと己を戒めていたのに、いつの間にかこの体たらくだ。

「……俺は、臆病で狭量な人間なんだ」

声を荒らげたことを恥じるように、ジェイクは目を伏せた。

「大切なものは他人に触れさせたくないどころか、誰にも見せずに隠しておきたい。ほんの少しの隙に、攫われてしまうのが恐ろしくて」

秘密を打ち明けるように囁かれ、膝に置いた手に掌を重ねられて、エレノアの鼓動は高鳴った。

ジェイクといると、自分の心があっちこっちに揺さぶられて、本当に忙しい。

「……取り越し苦労ですよ」

熱くなる頬を誤魔化したくて、エレノアはあえて素っ気なく言った。

「私のような女に価値を見出す人なんて、ジェイク様の他にはいません。あなたはとびきりの物好きですから」

「君はとても賢い女性で、物事を冷静に見通す目を持っているのに、自分の魅力に気づいていない点だけは不思議だな」

エレノアの照れ隠しに気づいたのか、ジェイクは淡く笑った。

「君の顔に触れてもいいか？」

「構いませんけど……どうして」

いちいち許可を取るようなことなど、最近はなかったのに。

「せっかくの化粧を崩してしまわないか、気になって」

「大丈夫です。多少崩れたところで、直せる道具は持ってきていますから」

「だったら」

手袋を嵌めた手が頬に添わされ、悪戯っぽい瞳が間近に迫った。

「――こうしても構わないということだな」

あ、と小さくあげた声は、重なる唇に呑み込まれた。

口腔に侵入してくる熱い舌に酔わされながら、丁寧に塗り込めた口紅がよれてしまうことを、エレノアは覚悟して目を閉じた。

国王主催の舞踏会は大規模で、言葉に尽くせぬほど絢爛豪華なものだった。
クリスタルのシャンデリアが十以上も吊るされた大広間は、壁や天井に無数の鏡が嵌め込まれ、まばゆい空間が無限に広がっていくような錯覚を抱かせる。
色合いの異なる大理石を組み合わせ、精緻な幾何学模様を描く床。金箔で彩られた柱に浮き彫りにされた、天使や女神の立体像。
入り口の反対側は篝火の焚かれた庭園に面しており、すべての掃き出し窓が開け放たれて、外に涼みに出ることができるようになっていた。

広間にも庭園にも、貴族名鑑に名を連ねる上流階級の男女がひしめき、この場に招かれた栄誉を誇るように笑いさざめいている。

(久しぶりに来たけど……相変わらず、きらきらしすぎてて目が痛くなるわ)

ジェイクと腕を組んで歩きながら、エレノアはしぱしぱと瞬きを繰り返した。

王宮を訪れたのは、社交界の一員となる儀式である、デビュタントのとき以来だった。

国王に拝謁し、一人前の女性だと認められたあとは、この大広間で異性とダンスを踊る。すでに婚約者がいる場合はその相手と踊るのだが、エレノアのパートナーは、付き添い役として同行してくれた兄だった。

デビュタントに臨む娘は、白いドレスと手袋を身に着け、頭にはティアラを飾るのが習わしだが、服装に無頓着だったエレノアは、『お母様のときの古着を貸してくれればいい』と言い張り、母を大いに嘆かせた。

母のドレスはものは悪くなかったが、経年劣化で黄ばんでおり、型も相当古臭かった。それを着て王宮に赴いた自分は、集まった少女たちの誰よりも見劣りしていただろう。

エレノアの実家は子爵家とはいえ、さほど格式の高い家柄ではなく、両親も今日ここには招かれていない。

家計も決して豊かとは言えなかったため、余分な出費をさせないことこそ親孝行だと、あのときは思っていたけれど。

（一生に一度のことなんだから、お母様の言うとおり、新しいドレスを仕立ててもらえばよかったかもしれない……）

　自分のためではなく、娘の晴れ姿を見たがっていた母や父のために。

　そんなことを考えて物思いに沈んでいると、ジェイクが小声で囁いた。

「どうした？」

「すみません。ちょっと昔のことを思い出して」

　デビュタントの思い出を語ると、ジェイクは「そうか」と相槌を打った。

「では今度、その姿で改めてご両親に会いにいけばいい。お二人ともきっと喜んでくれるだろう」

「本当に喜ぶでしょうか」

「ああ。こんなにも周囲の注目を集めている君のことを、自慢の娘だと思うはずだ」

　そう言いながらも、ジェイク自身は苦い表情で、人の目から庇うように妻の肩を抱き寄せた。

　できるだけ考えまいとしていたのに、改めて現状を意識すると、エレノアは居心地が悪くて堪らなかった。

（どうして皆、そんなにちらちらこっちを見るの？）

ついさきほど、この大広間に足を踏み入れたとき、派手派手しいお仕着せ姿の従僕が、ラヴィエル伯爵夫妻の到着を高らかに告げた。

何気なく顔を向けた周囲の人々は、次の瞬間、いっせいに目を瞠った。

『ラヴィエル伯爵が連れていらっしゃる婦人は誰だ？』

『普通に考えたら奥様ですけど……本当に、あのエレノアさん？』

『今日はまた、ずいぶん雰囲気が違うというか……』

驚きと好奇の囁きが、さざなみのように伝播していく。

エレノアは反射的に目を閉じ、傷つく覚悟を決めた。

（――やっぱり笑われるんだ）

精一杯にめかし込んだところで、所詮は付け焼き刃でしかないのだと。

これまでずっと野暮ったい恰好をしていたくせに、急に色気づくなど滑稽だと。

だが、しばらく待ってみても、冷ややかな嘲笑は聞こえてこない。

恐る恐る周りを窺えば、口を半開きにして目尻を下げる男たちの腕を、連れの女性が呆れて引っ張ったり、耳をつねったりする光景が展開していた。

「……だから来たくなかったんだ。案の定、男という男が君に見惚れている」

舌打ちをしたいのを堪えるように、ジェイクの唇はねじ曲がっていた。

「ジェイク様、それは言いすぎです」

「少なく見積もっても七割だ」

　具体的な数字を出され、そこに誤差がないと客観的にも認められて、エレノアは口を噤んだ。

　見惚れているというのは大げさにしても、男たちが自分を見る視線は、以前とはまるで質が違う。

　優しかったり、微笑ましげだったり、息を詰めて食い入るように見つめていたり。

　掌返しにもほどがある彼らの態度を見ていると、

『大抵の男どもは目がついてるようでついてない』

『化粧次第でいくらでも騙せる』

　というヴィヴィアナの言葉は真実だったのだと、つくづく思う。

　好意的な眼差しを向けられたところで、窮屈なだけでまったく嬉しくはないけれど、少なくともジェイクが恥をかかずにすんでいるのならよかった。

　もっとも、彼自身はさっきからずっと不機嫌なので、本当によかったのかというと疑問だが。

「それより、ジェイク様。今夜は誰と顔を合わせても、絶対に喋らないでくださいね」

　エレノアはジェイクにそっと耳打ちした。

「《魔女の気まぐれ》は、まだ治まっていないんですから。こんな場所でうっかり失言なさったら、大変なことになります」

「あ？　……ああ。それだがな、エレノア」

ジェイクが何かを言いかけたとき、広間の奥に据えられた玉座から、国王がおもむろに立ち上がった。その隣には、今日の主役である甥らしき青年が、やや緊張した面持ちで佇んでいる。

「皆の者！　今宵は我が甥の成人祝いのために集まっていただき、心から感謝する」

朗々とした口上が述べられ、会場が拍手で満たされたあと、楽団が優美な曲を奏で、舞踏会のメインであるワルツが始まった。

国王の甥が、婚約者だという可憐な令嬢とまずは一曲踊り切ると、いよいよ招待客も動き出す。女性たちのドレスが色とりどりに揺れて、会場はたちまちたくさんの花が咲いたようになった。

「ジェイク様、私たちも踊りましょう」

エレノアはジェイクの腕を引き、輪の中にまぎれ込んだ。

思いもしなかったらしい事態に、ジェイクが戸惑いの表情を浮かべる。

「君はダンスが嫌いだったんじゃないのか？」

彼の指摘は、まったくもってそのとおりだった。

両親がわざわざ雇ってくれた教師も匙を投げるほど、エレノアには踊りの才能というものがなかった。

　体は硬く、リズム感もなければ、そもそもなんのために踊るのかもわからない。健康のために運動が大事だというのなら、一人で黙々とジョギングでもすればいいのだ。

　そんなわけで、結婚する前もしてからも、エレノアはジェイクと一度も踊ったことはなかった。彼のほうでも妻のダンス嫌いは察していたから、無理に誘ってくることはなかったのだ。

（デビュタントのときは、お兄様相手に踊って、ここで盛大に転んだのよね……）

　場所が場所だけに、昔の悪夢がありありと蘇ってくるが、踊っている間だけは誰とも話す必要はないはずだ。

　ジェイクを守るためならば、苦手なお洒落だろうがダンスだろうが、腹をくって挑んでみせようではないか。

　威勢よく踏み出した途端、エレノアはドレスの裾に足を絡めてつんのめった。

　その拍子に、他のカップルの女性と肩がぶつかり、踊りの輪から弾き出される。

「っ……！」

「大丈夫か」

　あやうく横ざまに倒れかけたところを、ジェイクのたくましい腕に引き戻された。

　彼の手が腰に回され、もう片方の手は恭しく差し出される。

「落ち着いて。俺がリードする」

「は……はい」

しょっぱなから失敗したエレノアは赤くなり、ジェイクの手に指先を預ける基本のポジションを取った。

「音楽は聴かなくていいから、俺の目を見ていろ」

その指示の意味は、すぐにわかった。

左右に揺れるジェイクの瞳は、そのまま進行方向を示していた。目線に合わせてぎこちなくステップを踏むうちに、なんとか曲のリズムに乗れてくる。

「次はターンだ。——身を委ねて」

エレノアと胸を密着させたジェイクが、大きく踏み込みながら反転した。

ドレスのスカートが翻り、足元にふわっと軽やかな風が生まれる。

(嘘みたい。踊れてる——……)

感じたことのない高揚感に、エレノアの胸はどきどきした。

お世辞にもうまいとは言えないだろうが、転ぶこともなく、輪を乱すこともなく、なんとか周囲についていけている。パートナーによって、こんなにも違うものだとは。

「初めてだな。君とこうして一緒に踊るのは」

「すみません。ずっと苦手意識があって」

感慨深げなジェイクに、エレノアは詫びた。

「でも、案ずるより産むが易しというか。こんなふうに気持ちよく踊らせてくださるなんて……ジェイク様ってすごいんですね」

至近距離でエレノアが笑顔を零すと、完璧なリードを見せていたジェイクが、ほんのわずかに足取りを乱した。

「……君は、完全に俺の理性を砕きにきている」

「え？　すみません、音楽でよく聞こえません」

エレノアは尋ね返したが、ジェイクはそれきり何も言わなかった。

そうこうするうちに曲が終わり、短い休憩時間に入る。

人ごみの中に紫のドレスの女性を見つけて、エレノアは「あ」と声を洩らした。さきほど、踊りながら肩をぶつけてしまった相手だ。

「ジェイク様。少しだけ待っていてください」

彼を一人にするのは不安だったが、あの女性にはひと言謝っておきたかった。

「あの、さっきは失礼しました」

小走りに追いついて声をかけると、エレノアと同年代の女性が振り返って瞬きした。

その顔に見覚えがある気がして、エレノアははたと考え込んだ。

（ええと……確か、この人……）

「──シャーリーさん？」

「えっ。もしかして、エレノアさん!?」

　思い出したのはお互い同時で、二人はまじまじと見つめ合った。

　鳶色の目を丸くしているのは、十一年も前のガーデンパーティーで、『常識外れの変な子』と、エレノアを嘲笑ったシャーリーだった。

「お友達かい？　私は向こうにいるから、ゆっくり話しておいで」

　人の好さそうな初老の男性が、そう言って離れていった。かなりの歳の差があるが、どうやら彼がシャーリーの配偶者らしい。

「……ずいぶんと雰囲気が変わったのね」

　エレノアの全身を眺め、シャーリーは呟いた。

　昔の嫌な気持ちを思い出して怯みそうになったが、エレノアはあえてしゃんと背筋を伸ばした。

『本物の美人っていうのは、見た目だけじゃなく、姿勢や所作まで綺麗な人のことを言うのよ』

　とヴィヴィアナがアドバイスしてくれたことを思い出したのだ。

　そうして、彼女から学んだことは他にもある。

「──ごめんなさい」

エレノアが深々と頭を下げると、シャーリーは面食らった顔をした。

「いきなり何？　ぶつかったことなら、別に……」

「それもありますけど。いつかのガーデンパーティーで、私の態度はよくなかったでしょう？　皆が楽しんでるときに空気を乱して、申し訳ありませんでした」

やっと言えた——と、エレノアは息をついた。

この半月の間、お洒落の研究をするうちに、ヴィヴィアナとはいろいろな話をした。

どうして女友達がいないのかと尋ねられて、エレノアは迷った挙句に打ち明けた。

十歳のとき、皆の前で数学の問題を解いていたら、よってたかっておかしな子扱いをされたこと。

あんなふうに意地悪をしてくるのが女の子の集団というものなら、彼女らの仲間になどなりたくない。そう嫌悪感を覚えたことを。

『それはエレノアが悪いでしょ』

話を聞いたヴィヴィアナは、きっぱりと言った。

『あんたが筋金入りのガリ勉で、数学が好きなのは自由よ。だけど時と場合ってもんがあるでしょうが。皆で楽しくお茶してお喋りしようってときに、わざわざそんなことする必要があった？　せっかく話しかけてくれたのに、失礼だとは思わなかったの？』

『……わかります。今なら』

痛いところを突かれて、エレノアはうなだれた。

当時は集中の邪魔をされて苛立ったけれど、あの場では自分こそが非常識だったのだ。いくら子供だったとはいえ、思い出すと恥ずかしいし、いたたまれなくなる。

だが、反省ができるほど成長したときには、すでにエレノアの周囲には誰もいなくなっていた。

いまさらどうやって友達を作ればいいのかわからず、孤独をまぎらわすために、エレノアはますます数字の世界に没頭した。それはそれで楽しかったけれど、自分には人として大事なものが欠けているのだという劣等感は、いっそう強くなっていった。

『別に特別なことじゃないわよ、友達作りなんて』

俯くエレノアの頭を、ヴィヴィアナはぽんぽんと叩いた。

『そうやって、自分の駄目だなぁって部分も、恥ずかしい思い出も、恰好つけずに喋っちゃえばいいの。いいとこ見せようって必死になったり、相手に合わせておもねったりした瞬間から、人は対等じゃなくなるからね』

『そうですよ。現に、奥様とヴィヴィアナ様はもうお友達じゃないですか』

二人のやりとりを聞いていたノーマが言い出して、エレノアは驚いた。

『ヴィヴィアナさんが？　私の……友達？』

『そんなふうに、わざわざ確認されるとくすぐったいけど』

ヴィヴィアナは小さく肩をすくめた。

『エレノアってお堅いように見えて意外に素直だし、頭はいいんだろうけど変なとこ初心だし。ついつい応援したくなるっていうか、付き合ってて面白いわよ』

ヴィヴィアナは照れ臭げに微笑み、『だから』と右手を差し出した。

『エレノアが嫌じゃないなら、そーゆーことでひとつよろしく』

『っ……よろしく、お願いします……！』

ジェイクから求婚されたときよりも、よほどの感動と熱意をもって、エレノアはヴィヴィアナの手を握り返した。

この一件は、エレノアの意識を大きく変えた。

――自分には、もう友達がいる。

――これからは、その友達に恥じない生き方をしたい。

シャーリーにとっさに謝れたのは、ヴィヴィアナがエレノアをちゃんと叱って、大切なことを教えてくれたおかげだった。

「あなた……本当に、ずいぶん変わったのね」

シャーリーの声に、エレノアは下げていた頭をあげた。

彼女の口元に浮かんだ柔らかな笑みは、以前の厭味なそれとは、明らかに異なるものだった。

「ダンスはできないって言ってたけど、途中からなんとか踊れてたみたいだし」

「それは、主人が上手だったので」

「あら、惚気（のろけ）？」

　シャーリーはくすくすと肩を揺らした。そんなつもりのなかったエレノアは、慌てて首を横に振った。

「謙遜しないで。素敵な旦那様に巡り合えて、何よりじゃない。ついでに言わせてもらうと、うちの主人もなかなかいい男よ」

「あ、さっきの――」

「相当なお爺ちゃんだって思ったでしょう？」

　シャーリーは自分からそう言った。

「私も、最初は歳の差がありすぎて嫌だったの。彼には亡くなった奥様がいて、私は政略結婚で後妻になることが決まったの。婚約したのは十二のときだったから、ちょうど、あなたに会った少し前ね」

「そんなに昔から？」

「ええ。家のために、あんな年寄りと一緒にさせられるんだって思うと、自分が可哀想で、苛々して。あの頃は毎日、誰かに当たり散らしてて。あなたにもひどいことを言ったわよね。こっちのほうこそ、ごめんなさい」

エレノアは短く息を呑んだ。

まさかシャーリーのほうからも、あのときのことを謝られるとは思わなかった。

「でも、実際に結婚してみたら、彼ほど魅力的な人はいなかったわ。歳の離れた私を娘みたいに可愛がってくれるし、周囲の人望もあるし、先妻のお子さんたちも優しいし」

シャーリーの声や表情からは、彼女が本当に幸せなのだということが伝わってきた。

そのことを心からよかったと思い、彼女に抱いていた敵愾心が、いつしか消えていることにエレノアは気づいた。

「ねぇ、エレノアさん。あなた、まだお子さんはいないの？」

「はい、あいにくと」

「私もなの。だったら今度、お茶にお誘いしてもいい？　これまで仲のよかった子たちは、皆お母さんになって忙しそうで、新しいお友達が欲しかったのよ」

すぐには言葉が出てこなかった。

――奇跡とは、これほど立て続けに起こっていいものなのだろうか。

ジェイクに愛していると言ってもらえて、ヴィヴィアナに友達になってもらえて、今またシャーリーと新たな関係が築かれようとしている。

「……私でよければ、喜んで」

ようやくそう答えると、シャーリーは手を打ち合わせてはしゃいだ。

「本当？　嬉しい！　じゃあ今度、改めて連絡させてちょうだいね。そのときは、その素敵なドレス、どこのお店で仕立てたのかも教えてね！」

朗らかな笑顔を残して、シャーリーは夫のもとに戻っていった。

宗教的体験をした人のように、エレノアはじんとした感動に打たれていた。

（今日ここに来て、本当によかった……――）

長年のわだかまりが解けて、とても清々しい気分だった。

男性に見直されるよりも、同性に装いを褒めてもらえるほうが、よほど嬉しくて自信に繋がることもわかった。

すっかり夢心地のエレノアだったが、その直後、冷たい水を浴びせられるような出来事が待ち受けていた。

「やぁ、エレノア」

肩に手を置かれ、エレノアは体全体で振り返った。

相手が誰かを確認する前に、ざわざわと鳥肌が立ったのは、動物的な勘かもしれない。

「……ウォルター様」

「ロクスバーン侯爵のところの夜会以来だね。あのときとは、まるで別人みたいだけど」

相変わらず、一筋だけ額に垂らした赤毛を掻き上げ、ウォルターは気障ったらしく微笑んだ。

肩に置かれたままの手を、エレノアはぱしりと払った。

「なんの御用ですか」

「そんなに警戒しないでくれよ。僕と君との仲じゃないか」

数日で破局した元婚約者相手に、どんな仲もこんな仲もない。

そう言い返してやる前に、ウォルターが踏み込んできて、いきなり腰を抱き寄せられた。

ジェイクとは違う男の体臭に包まれて、思わず息を詰める。

「僕とも一曲踊ってくれないか」

エレノアは耳を疑った。

この女たらしは、一体何を言い出すのか。

「先日の女性はご一緒ではないのですか？」

上体を反らして距離を取りながら、エレノアはなんとか逃げ出す隙を探った。

「リナリーのことなら、彼女とはとっくに別れたよ。一見美人だったけど、実は口臭がひどくてね。キスするたびにうんざりしてた」

一度は付き合った女性のことを、他人に悪し様に話す神経が信じられなかった。

こっちこそうんざりしているとも知らず、ウォルターは調子よく続けた。

「それにしても、今日の君は見違えるほど綺麗じゃないか。いや、本当に感動したよ。逃した魚は大きかったと、いまさら気づいた愚かな僕を憐れんで、どうか少しばかりのご慈悲を……」

　おどけた口調で迫りながら、腰に添えられていた手がさりげなく下のほうに滑らされる。

紳士にあるまじき狼藉に、頭にかっと血がのぼった。

　服の上からとはいえ、そんな場所はジェイクにしか触らせたことがないというのに。

「ふざけ――……！」


「ふざけるのは、そこまでにしてもらえないか」


　感情に任せてぶつけようとした叫びは、低い声に取って代わられた。

　はっとして首を巡らせれば、抜き身の刃のような気迫を纏ったジェイクが、ウォルターを睨めつけていた。

「これはこれは、ラヴィエル伯爵」

　ひとまず身を引いたものの、ウォルターは悪びれもせず、道化めいた口ぶりで言った。

「つい悪い癖が出てしまい、失礼しました。美しい女性を前にして、口説き文句のひとつも出てこないのでは、男として最低の礼儀知らずだというのが僕の持論でして。――嫌だな、そう睨まないでくださいよ。硬派でご清潔なラヴィエル伯爵にあてつけようなどというつもりは、これっぽっちもありませんとも」

ジェイクの眉間に皺が寄り、唇が薄く開かれた。

エレノアは焦って、彼の上着の袖を摑んだ。

（駄目です、ジェイク様……！）

こんな場所で口汚い罵倒を始めれば、舞踏会が滅茶苦茶になり、ラヴィエル伯爵は品性下劣な人物だという悪評を買ってしまう。

いくら《魔女の気まぐれ》のせいだと弁解しても、一旦広まった噂は、容易には訂正できないものだ。

（お願い。堪えてください）

無言で訴えるエレノアを、ジェイクが複雑そうに見下ろした。

刹那、エレノアはかすかな違和感を覚えた。

結び直されたジェイクの口元を見つめて、まさかと思う。

が、疑念を確かめる前に、ウォルターはなおも挑発するように言った。

「言い訳を許してもらえるなら、僕とエレノアは一時期婚約をしていたんですよ」

エレノアはぎょっとし、ウォルターに視線を戻した。

こちらの反応を窺うように、彼は底意地の悪い笑みを浮かべていた。

「可哀想に、僕に振られたエレノアは、ずいぶん長い間泣き暮らしたと聞いています。そのときのお詫びも込めて、ワルツの一曲くらいはお相手するべきだと思いまして」

（なんてデタラメ……どれだけ自分に都合のいい嘘をつくの!?）

エレノアはわなわなと拳を握りしめた。

ジェイクを止めたことも忘れて、自分のほうがウォルターを罵ってしまいそうだった。

そうしなかった――というよりできなかったのは、ジェイクが横面をはたかれたような表情で、エレノアを凝視していたからだ。

「……本当なのか？　君は、彼と婚約を――」

「おやおや、まさかご存じなかったとは！」

ウォルターは芝居がかった仕種で仰け反った。

「愛し合う夫婦なら、互いの間に秘密などないものだと思っておりましたが……すまないね、エレノア。どうやら僕は、うっかり余計なことを喋ってしまったようだ」

白々しく謝られ、エレノアは切れるほどに唇を噛んだ。

ウォルターはただ、この状況を面白がっているだけなのだ。

自分に靡かないエレノアへの意趣返しのつもりなのか、夫婦の仲を引っ掻き回してやろうと、卑しい企みのもとに動いているだけ。

真に受けて乗せられては、向こうの思う壺というものだ。

「行きましょう、ジェイク様」

ウォルターには目もくれず、エレノアはジェイクの腕を取ろうとした。

が、その手は宙を掻いた。

ジェイクが先に踵を返し、大股にその場を離れたからだ。

「え？　あの、待ってください……！」

人ごみにまぎれていく背中を、エレノアは急いで追いかけた。

再び始まったワルツの音楽とともに、ウォルターの勝ち誇ったような笑い声が、いつまでも耳障りに響いていた。

6章　不安と嫉妬と腹立ちと

重たい布地をたっぷり用いたロングドレスは、小走りになるには向いていない。

まして大理石の床ではなく、踝を撫でるほどの下生えに覆われた土の上では。

「ジェイク様！　どちらに行かれたのですか――!?」

呼ばわる声が夜風にまぎれる。

大広間から庭に出たジェイクは、篝火の焚かれた範囲を外れ、脇目もふらずに歩いていってしまった。

ここがどこなのか、勝手に入り込んで構わない場所なのかどうかも、エレノアにはわからない。

手入れの行き届いた花壇や蔓薔薇のアーチも今は見えず、まるで自然の森のように、無数の雑木が行く手を遮っていた。

木の根に足を取られながら、突き出した枝をくぐり、灌木(かんぼく)の茂みを迂回して。

「ジェイク様……！」

わずかに開けた草地に佇んでいる彼を見つけて、エレノアはようやく息をついた。

「戻りましょう。ここは風が冷たいですから」

「――どうしてついてきた」

激昂されることも予想していたのに、ジェイクの声音は平坦だった。

ただし、決してエレノアのほうを向こうとはしない。傍(かたわ)らの木に手をつき、自(みずか)らの足元を見つめて、彼はぽつりと呟いた。

「せっかく一人で頭を冷やそうとしているのに……」

「すみません。お気を悪くされましたよね」

エレノアは神妙に謝った。

「ウォルター様と婚約をしていたという話は、本当です。今まで黙っていて、申し訳ありませんでした」

頭を下げたものの、このときのエレノアは、さほど事態を深刻に捉えてはいなかった。

婚約していたとはいっても、ごくわずかな期間のこと。しかも父にお膳立てをされたからであって、そこに自分の意志はない。

一方的に振られたことには腹が立ったが、間違ってもウォルターに惹かれていたわけではないし、普段は思い出しもしないことだから、わざわざ告げなかっただけだ。

そう説明してみせたのだが、ジェイクの表情は晴れなかった。

「……俺は、自分が嫌になる」

両目をきつく閉じて、彼は呻くように言った。

「君の現在や未来だけでは満足できずに、過去までも支配したいと思う。俺がうかうかしていた間に、エレノアが他の男のものになりかけていたと考えるだけで、悔しくて、恐ろしくて、体が震えて――……ウォルターに殺意すら覚えてしまう」

「そんな」

思いつめた様子のジェイクに、エレノアは力の抜けた笑みを浮かべた。

馬鹿にして笑ったつもりではなく、あまりに深刻な空気をどうにか和ませたくて。

「過ぎたことなんて、どうでもいいじゃありませんか。今の私は、間違いなくジェイク様の妻なんですから」

「だが君は、本当は誰でもよかったんじゃないのか!?」

鋭い剣幕で、ジェイクがこちらを振り返った。

その瞳に浮かんだ悲痛な色に、エレノアは気圧されて押し黙った。

「求婚されるまで、君は俺のことを認識さえしていなかった。俺を少しでも好いていたから、了承してくれたわけじゃなかったんだ。もしウォルターが君の美しさに気づいて、婚約を破棄しなかったらどうなっていた？　流されるままに、彼の妻になっていたんじゃないのか？」

「それは――」

違う、と言いたいけれど、畳みかける勢いに押されて反論する隙が摑めなかった。

「そもそも今夜だって、どうしていきなり着飾ろうなどと思った？　そんなふうに可憐な色気を撒き散らして、俺以外の男の気を惹こうとするなんて、不貞以外の何ものでもないだろう」

なんという論理の飛躍かと、エレノアは唖然とした。

装いを改めたのは、ジェイクの妻として最低限の身だしなみを整え、彼の名誉を損なわないようにするためだ。ヴィヴィアナたちのおかげで、途中からお洒落そのものを楽しむことも覚えたけれど、出発点はあくまでそこだ。

エレノアの視界に入る男性はジェイクだけで、他の男など、「小数点以下切り捨て」とばかりに、取るに足りない存在なのに。

「俺には、君の心が見えない」

エレノアに向かって、ジェイクがゆらりと踏み出した。

何故か背筋にぞくっとしたものを覚えて、エレノアは無意識に後ずさった。

「体調が悪いと言っていたのは、嘘だろう？　俺に触れられることを半月も避けた挙句、いきなりこの変化だ。俺のことが嫌になって、次の再婚相手を見つけようとしているんじゃないのか」

「ですから、誤解です。私は……」

弁解は最後まで続けられなかった。

エレノアの両肩を摑んだジェイクは、背後に生えた木の幹に、背中をぶつけるように押しつけた。

痛みに顔をしかめた瞬間、視界が暗く塞がれる。

「ん、っ……！」

突然の口づけは、これまでになく乱暴なものだった。

縮こまるエレノアの舌を無理矢理にすくい出し、痺れるほど強く吸い上げる。

口蓋を撫でられ、頬肉を舐められ、粘膜同士を擦りつけて、喉の奥までを蹂躙された。

「う……ぅ、やぁっ……！」

首を振って拒んだのは、戸外でキスするなどという不作法な真似は、エレノアの常識の範疇になかったからだ。

舞踏会の会場から離れていても、巡回の兵士などがやってこないとも限らない。勝手にこんな場所まで入り込んだばかりか、不埒なことをしていたと知れたら、どんな咎めを受けるか。

だがジェイクは、もっと危険で大胆な行為に及ぼうとしていた。

「こんなにも美しい肌を、惜しげもなく見せつけて……俺がどんな想いで劣情を抑えていたか、知りもしないで」

「やっ……！」

開いた襟ぐりを引き下ろされ、ビスチェをずらして胸を揉まれた。

痕が残りそうなほど滅茶苦茶に指を食い込まされて、エレノアの声は上擦った。

「ジェイク様、まさか……っ」

キスどころの話ではない。

嫉妬と不信に駆られたジェイクは、あろうことか、こんな戸外で――。

「誰にもやるものか」

昏い執着心に彩られた声が、エレノアの意識に警鐘を鳴らした。

今のジェイクに逆らうと、ひどく恐ろしい目に遭いそうな予感に、抵抗することもできなくなる。

「俺の心をこんなに掻き乱して、みっともない男にさせるのは――全部、君のせいだ」

「いっ――……！」

顔を伏せたジェイクが、エレノアの首筋に歯を立てた。

いつもなら立襟で隠されているはずの白い肌に、痛々しい咬み痕が刻まれる。

そのそばから舌が傷をなぞり、痛みを散らすようにくすぐられた。夜風の冷たさとは無関係に、エレノアの身にぞくりと震えが走った。

「あ……や、あっ……」

「君は、ここも弱かったな」

ジェイクの舌がねっとりと遡り、薄い耳朶に絡んだ。

ぴちゃぴちゃと水音を立てながら、耳孔にまで舌をねじ込まれ、エレノアは固く目をつぶった。

(駄目……こんなところで、駄目なのに……)

通りかかる可能性があるのは、城の兵士だけではない。

エレノアたちがここまで来られたように、酒に酔って涼みに出てきた招待客が迷い込まないとも限らない。

だというのに——。

「こんな場所で感じているのか？」

揶揄するような声が耳に直接吹き込まれ、鼓膜が甘く疼いた。

動かぬ証拠を見つけたとばかりに、胸を弄んでいた指に中央の蕾を捉えられる。

「ここがもう勝手に勃ってきた。興奮しているんだろう？」

意思とは裏腹に快感を集らせた乳首を、指の先で捏ねられ、摘まれ、引っ張られる。

押し潰され、弾かれ、爪を立てられるうちに、エレノアは愉悦の底なし沼にずぶずぶと引きずり込まれていった。

「っ……あ……嫌です……恥ずかしい……」

せめてもの抵抗とばかりに訴えれば、

「なら、もっと恥ずかしい目に遭わせてやろう」

ジェイクは突如として、地面の上に膝をついた。何をするのかと思う間もなく、ドレスのスカートをめくられ、その中に頭を突っ込まれる。

「やっ……ジェイク様!?」

驚いて硬直している隙に、下着を引きずり下ろされた。太腿を力ずくで開かされ、肉厚な舌がぬらりと股間に這わされる。

「あぁあっ……――!」

木立のざわめきを切り裂いて、嬌声が迸った。

陰核を舐られながら、膣内に入り込んだ二本の指で、手前側の窪みを押し回される。エレノアの全身がびくつき、下腹部から熱いものがじゅんじゅんと滴り落ちていった。

「俺が……んっ……舐めてやる前から、こんなにぐしょ濡れで……」

いやらしく蠢く舌遣いの合間に、スカートの内側でくぐもった声が響く。

「君は、本当に淫らになった――俺が、この体を作り変えたんだ」

「ん……はぁっ……、あ、やぁあっ……」

じゅぷじゅぷと抜き差しされる指は、いつの間にか三本にまで増やされていた。

狭い場所でばらばらに動かされ、釣り上げられた魚のように体が跳ねる。その間も、ぷつりと膨らんだ花芽への淫虐は止まずに、左右に細かく弾かれ続ける。

「あああっ……もう、立てな……」

エレノアの膝は痙攣し、唾液と混ざり合った愛液が、内腿をだらだらと伝った。

腰にも力が入らないし、木の幹に押し当てられた背中が下がって、ジェイクの顔に自らの秘処をぐりぐりと押しつけるような恰好になってしまう。

「もう絶頂の感覚は覚えただろう？」

ジェイクがじゅぽんと指を抜き、凶悪な声音で告げた。

割れ目全体を彼の口に食まれて、じゅうっと強く吸引されて。

「達ってしまえ。――俺の舌で」

「あっ、ああっ、ひっ、あぁあああっ――……！」

空気をつんざく声は、人のものというよりも、動物があげる断末魔のようだった。

腰が大きく前にせり出し、天地の感覚がなくなる。

子宮の奥からの収縮は、永遠とも思えるほどに長々と続いた。

「さすがに、君は学習能力が高い」

やっと股間から口を離したジェイクが、スカートから顔を出して立ち上がった。

くたくたとその場に崩れ落ちかけるエレノアの体を、すんでのところで抱き支える。

「俺の言うとおりに達せたご褒美をやろう」

「ごほう、び……？」

「後ろを向いて」

絶頂の余韻で思考が働かないエレノアは、言われるままにジェイクに背を向け、木の幹に両手をつかされた。

再びスカートをたくしあげられ、裸の尻に寒さを覚えた直後、燃え立つ薪（まき）のようなものが蜜道を挿（さ）し貫いた。

「あ……ぁあああんっ――――！」

火傷（やけど）しそうに熱い肉杭が、奥処を目がけてぐぷぐぷと押し入ってくる。

達したばかりでひくつくそこに、間を置かず押し込められた肉棒は、蜜襞をぎちぎちに引き伸ばした。

「入り口は柔らかいのに……奥は、きついな……っ」

突き出した尻を摑んで引きつけ、ジェイクが唸るような声を発した。

「俺の先端をこんなに締めつけて……君に食べられている気分だ」

「や……私……食べて、なんか……」

「食らってくれ、俺を」

エレノアの後ろ髪を鼻先で掻き分け、現れた白い項に、ジェイクは唇を押し当てた。

「消化されて、溶かされて、同化して——君と完全にひとつになりたい」

摑んだ腰を揺さぶられ、蜜壺の中で雄茎が擦れる。

濡れに濡れた淫裂はぐじゅぐじゅとはしたない音を立て、半月ぶりに侵入する雄杭を、物欲しげに締めつけた。

「あっ、あっ……動かさ、ないで……っ」

「嘘をつくな。悦んでいるくせに」

傲然と言い放ったジェイクが、ずっ、ずっ、と肉茎を前後させ始めた。

ふしだらと言えば、これほどにふしだらな行為もない。

立ったまま背後から犯されるという状況にすくんでしまう一方で、エレノアの内部はとろとろとみだりがましく溶けていく。

「ほら。君の中は、とっくにぐちゃぐちゃだ」

勝ち誇るように呟いた端から、ジェイクの声は揺らいだ。

「俺のことを好きでなくても……エレノアは、俺のこれだけは好きなのか？」

これ、というのが蜜洞を掻き回すものだということは、エレノアにもわかる。

正直、侮辱にも等しい問いかけだと思った。

「そんな……ひどい……っ」

男の逸物(いちもつ)だけが好きで好きで堪らないだなんて、それこそ本物の痴女ではないか。

睨んでやろうと振り返って、エレノアは虚をつかれた。

本当に答えがわからないように、ジェイクが苦悩に満ちた表情を浮かべていたから。

「俺はこんなにもエレノアが好きなのに、応えてくれるのは君の体だけだ。どうして君は言ってくれない。――俺のことを、愛していると」

「っ……」

目を合わせていられなくて、エレノアはまた前を向いた。

罪悪感にも似た思いに、胸がずきずきと軋んだ。

(ジェイク様が、そこまで苦しんでいらっしゃったなんて――)

おそらく、ウォルターのことはきっかけにすぎなかったのだ。

過去への嫉妬もあっただろうが、優しいジェイクがこんな暴挙に及んだのは、これまで募りに募った不安のほうが理由だろう。

ずっと昔からエレノアだけを見つめていたのに、存在すら認識してもらえていなかった空しさ。

どれほど愛を囁いても、同じ言葉を返してもらえない寂しさ。

こんなふうに乱暴にエレノアを犯しながらも、ジェイクは怒っているのではない。

深く深く、傷ついているのだ。

エレノアの胸の奥から、自分でも意外なほどに熱い衝動がつきあがった。

(……——抱きしめたい)

(ジェイク様を、抱きしめて差し上げたい。それで……それで、私は……)

誰より大切な人の不安を拭い去れるのは、世界中に自分だけ。

その事実は、泣きたいような喜びと誇りをエレノアにもたらした。

いつものように正面から繋がっているなら、すぐにでも彼を抱きしめられるのに。

「ジェイク、様……やっぱり、これ嫌……っ」

体勢を変えてほしいというつもりで訴えたのだが、その真意は伝わらなかった。

「この期に及んでも、俺を拒むのか?」

温度をなくしたジェイクの声が、冷たくエレノアの耳を打つ。

「だったら、満たしてやる。無理矢理でも、体だけでも……——!」

積もった鬱憤を晴らすように、ジェイクはますます激しく腰を叩きつけ始めた。

「あん、やっ、違……んっ、あああっ!」

強すぎる快楽と戸惑いが混ざり合って、気持ちがいいのに恐ろしい。

深い場所をぐちゅぐちゅと突き荒らされ、体が裏返りそうな法悦に包まれて、身も世もなく喘ぎ泣いてしまう。

「やっ……だめぇ……おかしく、なる……ぁああっ！」

「なればいい」

ジェイクは自棄になったように吐き捨てた。

「もっと乱れて、俺と同じくらいに溺れて、わけがわからなくなればいい……！」

ジェイクの片手が前に回され、再びドレスの胸元に忍び込んだ。

つきつきと疼き勃つ乳頭を搾られ、捏ねくり回され、膣奥に濃密な刺激が響いた。

「んぁっ、やっ、それ、あっ！」

蜜壺の形を確かめるように、内側をぬぐぬぐと摩擦される。

最奥まで届いた肉竿は、次の瞬間には抜けるか抜けないかの入り口まで引き戻されて、浅い場所にあるエレノアの急所をぐりゅぐりゅと的確に抉った。

「んんん――……っ！」

限界だった。

エレノアの脚は完全に萎えて、がくんっ、と腰が沈んだ。

ジェイクが舌打ちし、仕方がないとばかりに、崩れ落ちる体を地面に組み敷く。

野生の獣のような四つん這いになり、せっかく新調したドレスを泥にまみれさせながら、エレノアはそんなことも意識にのぼらない恍惚のただ中にいた。

ぱちゅん、ばちゅんっ、と打ちつけられる剛直のたくましさの虜になって。

ここが王宮の敷地内で、誰かに見つかるかもしれないという恐れさえも、興奮を高める要因にすり替えられてしまう。

「奥が、ますます狭くなって……押し出されそうだ……」

そうはさせるかというように、ジェイクは隘路を押し開き、がつがつと容赦なく最奥を叩いた。

膨れ上がった亀頭の圧迫感が得も言われぬ悦楽を生み、鼻にかかった声が洩れてしまう。

「はぁん……ふ、ぁあ、あ……んっ……」

「君が、好きで……好きで……」

ジェイクの腰遣いがより狂おしいものになり、吐く息が乱れた。

「傷つけずに大事にしたいのに、俺を見てくれないと思うと、乱暴に扱って泣かせてしまいたくて……愛していて、大切で、だからこそ憎らしくて……こんなどうしようもない俺を、どうか」

荒い呼吸混じりの独白は、深い自己嫌悪に彩られていた。

「どうか——嫌わないでくれ」

「ぁ、あ、やあああっ……——！」

ずぐんっ——と子宮口を押し上げられると同時に、鮮烈な痺れが駆け巡り、エレノアは二度目の極みに達した。

ジェイクも呻き声をあげ、エレノアの背中に上体を重ねて突っ伏す。

「……く、……出、るっ――……」

深い奥で欲望の弾ける感覚があって、びゅうびゅうと生温いものが広がった。

結合部からどろりとした液体が漏れ出し、青臭い滴り(したた)が叢(くさむら)に吸い込まれていく。

――しばらくは二人とも、折り重なったまま動けなかった。

意識の外に締め出されていた風の音や虫の声が、ようやく耳に戻ってくる。

のろのろと体を離したジェイクが、上着のポケットからハンカチを抜き出し、互いの後始末をした。

なんとも気まずい沈黙が、夜の底に横たわる。

エレノアは地面に手をつき、ゆっくりと体を起こした。

「ジェイク様」

呼びかけると、彼は小さく肩を揺らした。

魔物に憑かれたような狂乱が過ぎて、いかにひどいことをしてしまったのかと、悔いるような目をしていた。

「……悪かった」

ぎこちない仕種で、ジェイクはエレノアのドレスの裾をはたいた。

「せっかくの服を汚してしまって。君にとてもよく似合っていたのに」

「そんなことはいいんです。——いつからですか？」

エレノアはジェイクの手を押さえ、尋ねた。

「いつから、《魔女の気まぐれ》が解けていらっしゃったんですか？」

ジェイクの瞳が、静かに見開かれた。

「……気づいていたのか」

「なんとなくですけど」

ウォルターと対峙(たいじ)した彼の袖を摑んで、暴走を防ごうとしたとき、違和感を覚えた。

エレノアがどれだけ止めようが、ジェイク本人が自制を心がけようが、《気まぐれ》の効力が働いている間は、言葉を押し留めることはできない。

けれどあのとき、ジェイクはエレノアの意を酌(く)んで沈黙を守った。

ウォルターにあれだけの挑発をされても、激情のままに暴言を吐くことはしなかった。

「多分……屋敷の玄関で、着飾った君を見たときには、もう。なんの前触れもなかったから、最初は俺自身もわからなかったが」

『そのうち勝手に治まる』とヴィヴィアナが言っていたように、終息は本当に突然やってくるものだったのだ。

一体なんのために気を揉んだのかと肩透かしを食らう一方で、ジェイクの《気まぐれ》がとうとう解けたことに安堵する。

「……よかった」

泣き笑いのような表情を浮かべるエレノアに、ジェイクは決まり悪げに言った。

「たくさんの面倒をかけて、すまなかった。これからは、君の嫌がる発言はもうしないようにするから――」

エレノアは「いいえ」と首を横に振った。

「よかったと言ったのは、《気まぐれ》が終わったことだけじゃありません。《気まぐれ》の効力とは関係なく、ジェイク様が本音で話してくださったことです」

「……本音で？」

「ええ。たった今、たくさん聞かせてくださったじゃありませんか」

『君の現在や未来だけでは満足できずに、過去までも支配したいと思う』

『誰にもやるものか』

『傷つけずに大事にしたいのに、君が俺を見てくれないと思うと、乱暴に扱って泣かせてしまいたくて』

『どうか――嫌わないでくれ』

荒っぽく抱かれながらも、切々と浴びせられた訴えに、エレノアの心は震えた。

《気まぐれ》が解けてしまえば、もう二度とジェイクの心には触れられないと思っていたのに、空恐ろしくなるほどの愛情と独占欲を、彼は一心にぶつけてくれた。

「何をされても、言われても、私はジェイク様を嫌ったりしません」

不安に駆られて我を失うジェイクを、抱きしめたいと心から思った。

その思いのままにエレノアは夫の背に腕を回し、優しい力を込めて引き寄せた。

「……いいのか？」

信じられない奇跡を見たかのように、ジェイクの声はかすれていた。

「これからも俺は、素直な想いを伝えていいのか？　君のことが好きだと。愛していると。その……ときどき気持ち悪くても」

「はい」

エレノアは笑った。

ジェイクの目元が泣き出しそうに歪み、込み上げてきたものを誤魔化すように、彼は咳払いした。

「ありがとう。とても嬉しい」

「ジェイク様が嬉しいなら、何よりです」

「なら……これ以上を望むのは、贅沢だとわかっているんだが――」

《気まぐれ》が発動していたときのような流暢さには及ばないが、ジェイクは懸命に意志を伝えようとしていた。

「できることなら、やはり君の気持ちも聞かせてほしい。君に好きだと言ってもらえたら、俺はその瞬間を一日に八万六千四百回は思い返して、常に幸福のただ中にいられる」

「一秒に一回も思い出してたら、他のこと何もできませんから！　というか、ジェイク様も案外計算速いですね!?」

思わず突っ込んでしまってから、一拍置いて、エレノアはぷっと噴き出した。

つられたように、ジェイクも声を立てて笑い出す。こんなふうに互いに笑顔で向き合えたのは、結婚して以来初めてのことだ。

(言えるわ。今なら)

嫉妬も慈愛も欲望も崇拝も、すべてを剝き出しにぶつけてくるこの人に、自分も正面から応えたいと思う。

エレノアは改まって背筋を伸ばした。

「ジェイク様。私も、あなたのことが……」

全身にひたひたと温かい気持ちが広がって、それは舌と唇を伝わって声になる。

なる――はずだったのだが。

「……ひっく！」

「エレノア？」

「い、嫌だ。なんで、こんなときにしゃっくりが……ひっく！」

横隔膜がいきなり痙攣を始め、エレノアは赤くなっておろおろした。

ジェイクが「大丈夫か」と心配して背中をさすってくれる。

「へ、平気です。《魔女の祝福》がありますから、十回以内で治まるはずで……ひっく！」

胸に手を当て、エレノアは頭の中で数を数えた。

（落ち着いて。六回、七回……八回、九回……）

珍しく長く続くしゃっくりだが、どのみち次で終わり。

そう確信していたエレノアに、ありえないことが起こった。

「ひっく、ひっく、ひっく……ひっく！」

（嘘、十三回？）

「少し多くなかったか？」

ジェイクも怪訝そうに首を傾げたが、横隔膜の叛乱はそれきりどうにか鎮まった。

（なんだか締まらない感じになったけど……こういうのは勢いが大切よ）

今度こそ、と口を開いたエレノアは、喉に力を込めてひと息に告げた。

「ジェイク様。私は、あなたのことが嫌いです」

晴れ晴れとした心地で言い切ってから、エレノアは「ん？」と違和感に気づいた。

（――今、何かを間違ったような）

しかも、激しく大いなる間違いを。

「やはり……やはりエレノアは、俺のことが嫌いなのか……？」

ジェイクの顔からみるみる血の気が引いていき、瞳が溝のような色に濁った。

「そうだな……《気まぐれ》の間、俺は君に並大抵でない迷惑をかけたものな……今だって、嫉妬に駆られて乱暴に抱いてしまったし……」

ここにきて自分の過ちに気づいたエレノアは、慌てて訂正しようとしたのだが。

「今のは言い間違い――じゃないです！　私は、あなたのことが好きだと伝え――たいなんて、これっぽっちも思ってませんから！」

エレノアは、両手でばっと口元を覆った。

（――何これ）

思ったことが言葉にならない。

ジェイクに正直な気持ちを伝えたいのに、まったくあべこべの意味にしかならない。

「これは誤解――じゃありません！　私は本当にジェイク様のことが――嫌いで嫌いで、同じ空気を吸うだけで虫唾が走るので、半径一メートル以内には近寄らないでください」

言えば言うほどドツボにはまり、ジェイクの瞳が死んでいく。

エレノアの心の目には、ジェイクの輪郭がさらさらと崩れて、真っ白な砂と化していく光景が映った。

ようやく彼に愛を告げる覚悟ができたのに。

互いに素直な心を伝え合って、夫婦の絆がより深まると思ったのに。

（一体、私が何をしたっていうの——!?）

エレノアは涙目で夜空を仰ぎ、声には出さずに天を呪った。

7章　あべこべの愛情

「まったく、難儀なご夫婦ですこと」

ドレッサーの鏡に映ったノーマが、深々と哀れみの溜め息をついた。

入浴を終えたエレノアの髪を乾かしがてら、ブラシで丁寧に梳かしつけている最中だ。

「旦那様の《気まぐれ》が治ったと思ったら、今度は奥様が――だなんて。こんな不運が続くこともあるんですねぇ」

(本当にね……)

エレノアは虚ろな目つきで小さく頷くに留めた。

下手に喋ろうとすると、また周囲に混乱を巻き起こしてしまうからだ。

『これは……要するに、風邪と同じ理論ね』

――およそ二時間前、玄関ホールで。

屋敷に戻ってきたジェイクとエレノアを出迎えるなり、ヴィヴィアナは瞬時に事態を見抜いた。

『ほら、風邪って、他の人に伝染すと治るって俗説があるじゃない？　《魔女の気まぐれ》にも似たとこがあって、ジェイクが治った代わりに、今度はエレノアに発動しちゃったのよ。——え、直前にしゃっくりが？　十回で治まるはずが十三回？　ああ、だったら間違いないわ。《気まぐれ》が起こる前に《祝福》の効果が狂い出すのも、割とよくある症状だから』

ジェイクから前後の状況を聞き出したヴィヴィアナは、得心がいったように頷いた。

『それで、エレノアの《気まぐれ》は、どういう性質のものなんだ？』

己の死期を宣告された病人もかくやというほどに、ジェイクの表情は悲愴だった。

『やはり俺と同じように、隠していた本音が洩れ出して止まらないという……？』

『や。むしろこれ、あんたにはいい知らせよ、ジェイク』

深刻な空気を吹き飛ばすように、ヴィヴィアナはぱちんとウインクした。

『エレノアの場合はね。思ったことと反対の言葉しか喋れなくなるっていう呪いよ』

『——え？』

ジェイクは瞠目し、エレノアを振り返った。

エレノアはいたたまれない心地で俯いた。

自分でも、薄々そうではないかと思っていたのだ。

こんな突拍子もないことが起こるのは、おそらく《魔女の気まぐれ》のせいだろうし、その内容はおそらくヴィヴィアナの言ったようなものだろうと。

(私は、本当にジェイク様のことが好きなのに。どれだけ言葉にしようとしても、ジェイク様を傷つけるようなことしか言えなくて――)

ジェイクに悪くて申し訳なくて、馬車に乗って帰ってくる間も、エレノアはずっと無言を貫いた。

てっきり無視されているのだと思った彼は、この世の終焉を見たような表情をしていたが、弁解する手段がなかったのだ。

ジェイクから顔を背けたまま、エレノアは暗い面持ちで呟いた。

『……とても元気なので、寝たくありません』

『疲れたから早く寝たい、ってことね』

エレノアの言葉を、ヴィヴィアナが反対の意味に訳してくれた。

『今夜は夫婦の寝室に行きますから、一人で寝かせないでください』

『んっと……つまり、夫婦の寝室には行かないし、自分の部屋で一人で寝る、って意味ね。うーん、こりゃいちいち面倒臭いわ』

ジェイクの反応を待たず、エレノアは逃げるように二階にあがり、宣言どおり自室に引きこもった。

ノーマに風呂を沸かしてもらい、もろもろの体液や泥で汚れた身を清めて、やっと人心地ついたところだ。

「ところで奥様。あのドレスの惨状はどういうことですか？」

髪を梳かし終えたノーマに訊かれて、エレノアはぎくりとした。

いろいろ言い訳を考えてはいたのだが、今の状況ではうまく誤魔化しきれる自信がない。

「まぁ、大体のところは察しますけれど」

ノーマの視線が注がれている先に気づいて、エレノアは首筋をぱっと手で押さえた。

そこにありありと刻まれているのは、ジェイクが残したいくつもの咬み痕だ。

「綺麗になった奥様にたくさんの男性が目を向けて、半月もおあずけを喰らった旦那様が、焼きもちのあまり時も場所も弁えず――ってとこですか？」

（どうしてわかるの!?）

真っ赤になるエレノアに、ノーマは楽しげに笑った。

「ふふふふ、旦那様も奥様もお若いこと！　嫉妬はとびきりの愛情の証だって、私なんかは思いますすけどねぇ」

ふくふくとした感触の手が、エレノアの背中を優しく叩いた。

「言葉があべこべになるくらい、なんだって言うんです。旦那様が《気まぐれ》にかかっている間も、奥様はなんだかんだ受け入れていらっしゃったでしょう？　今回だって同じですよ。奥様が何をおっしゃろうと、旦那様は奥様を深く愛しておられますとも」

（……そうかしら）

頼りない表情になるエレノアに、ノーマは「ええ」と請け合うように頷いた。

「というわけで、あとはお二人でごゆっくり」

ノーマはすたすたと扉に向かい、勢いよくドアノブを引いた。

エレノアは驚き、ドレッサーの椅子を倒す勢いで立ち上がった。

そこにいたのは、就寝用のガウンを羽織り、気まずそうに佇んでいるジェイクだった。

「旦那様。立ち聞きは紳士的な行為とは申せませんよ」

「すまない。なかなかノックをする踏ん切りがつかなくて」

ノーマに窘（たしな）められたジェイクは、動揺するエレノアに尋ねた。

「話がしたい。入っても構わないだろうか」

（話って言っても……）

助けを求めるようにノーマを見たが、彼女は鼻歌を歌いながら出ていってしまった。去
り際に、大きなお尻でジェイクを部屋の中に押しやるというおまけつきだ。

エレノアは覚悟を決めて、『どうぞ』と奥へ招き入れる仕種をした。

（……寝酒用のブランデーがあったかしら）

ジェイクに背を向け、寝台脇のキャビネットをごそごそと探る。素面で彼と向き合う自信がなくて、珍しく飲みたい気分だった。

（あった――）

「エレノア」

酒瓶を取りあげた瞬間、背後に気配を感じて、ぎゅっと掻き抱かれた。

びくっとした拍子に手が滑り、ガラスの瓶が足元で砕ける。琥珀色の液体が床に広がり、息を吸うだけで酔ってしまいそうな濃厚な香りが立ちのぼった。

「後で俺が片づける」

屈んで破片を拾おうとすると、怪我をすることを恐れたのか、ジェイクはエレノアを横抱きにした。

寝台の端に座らされ、立ったままの彼に見下ろされて威圧感を覚える。

「喋りたくなければ、それで構わない。だが正直、俺は嬉しく思っている」

（え……？）

アイスブルーの瞳を、エレノアはぱちくりと瞬かせた。

「君から『嫌いだ』と言われたときは、誇張でなく心臓が裂けて血が噴き出すかと思ったが、魔女殿の説明を聞いて安心した。反対の言葉しか口にできないということは、つまりエレノアは、本心では俺のことを」

（待って……！）
エレノアは反射的に伸びあがり、ジェイクの口元を手で塞いだ。
当惑するジェイクを見つめ、ふるふると首を横に振る。
「それは、まだ待──たないでください。《気まぐれ》の呪いが解けたあとに、私から
ジェイク様にお伝えし──たくない言葉ですから」
「エレノアが、直接伝えてくれるというのか？」
こくりと頷いて、
「違います」
と言えば、ジェイクは感極まったようにその場に跪いた。
「……ありがとう。俺はそのときを、一日千秋の思いで待とう」
腰に腕を回されて、下腹に頬擦りをされる。
エレノアも堪らない気持ちになって、その頭をぎゅっと抱きしめた。
（ジェイク様は、ちゃんとわかってくれてる──）
ノーマの言ったことは正しかった。
言葉の壁など問題なく、ジェイクはエレノアの現状を受け入れてくれている。
それが嬉しくて、ジェイクのことがもっと愛しくなって、気持ちを伝えられないのが余
計にもどかしかった。

だから。

「エレノア……好きだ」

柔らかく寝台に押し倒され、ジェイクがのしかかってくるのに、どぎまぎしながらもエレノアは抵抗しなかった。

「もう一度、君を抱きたい。──駄目か？」

「駄目に決まってます」

「いいんだな」

「いいわけないでしょう、とっとと出ていってください」

否定的な言葉を吐けば吐くほど、ジェイクの瞳は嬉しそうに輝いた。

傍から見れば、高圧的な妻と被虐嗜好のある夫の組み合わせに他ならないが。

「愛している──」

「大嫌い、です……んっ……！」

落ちてきた口づけに、あらゆる言葉は塞がれた。

角度を変え、深さを変えて、柔らかく啄まれるようなキスに、心も体も溶けていく。

「は……ぁ、んっ……」

夜着の上から胸を揉まれ、乳暈をすりすりとなぞられて、甘い声が洩れた。

今夜はすでに一度抱かれているというのに、ジェイクの指や舌に与えられる刺激を、この体は何度でも待ちわびてしまう。

「舌を出してくれ」

求められるままに従えば、互いの舌だけが空中でぴちゃぴちゃと戯れ合った。

ねっとりと絡まされ、混ざり合った唾液が糸を引いて、視覚的ないやらしさに、鼓動の昂りが増していく。

「んっ……ふぁ……」

キスに耽溺しているうちに、夜着の裾をめくられて、頭から抜き取られる。そのまま下着も脱がされて、真っ白な裸身が露になった。

ランプの明かりに照らされた体に、ジェイクは目を細めて眺め入り、胸や腰をゆっくりと撫でさすった。

「最近思っていたんだが……少し肉付きがよくなったか？」

ヴィヴィアナたちの助言に従い、女らしい体つきを目指して食べるものを変えたせいだ。

太った女は嫌いなのだろうか、と不安を込めて見上げれば、ジェイクは安心させるように微笑んだ。

「柔らかくて、抱き心地がよくなった。さきほど魔女殿に教えられたのだが、君が変わろうとしていたのは、俺のためだったんだな」

誤解してすまなかった――とジェイクは詫びた。

「ドレス選びも化粧の練習も、俺の妻として相応しくありたいと、相当な努力をしたのだと聞いた。それを俺は、他の男の気を惹きたいからだなどと、くだらない邪推をして」

気に病まないでいい、とエレノアは微笑んで頭を振った。

「恋は盲目」という言葉があるように、誰かを好きになる気持ちは、時に真実を見抜く目を曇らせ、誤解を生み出してしまう。

だからこそ人には言葉があり、想いを伝えて愛を語らう。

時にそれだけでは足りないと思うからこそ、こうして抱き合わずにいられないのだろう。

(子供ができても、できなくても……ジェイク様と触れ合いたい)

ジェイクのガウンの腰紐を、エレノアはそっと引いた。

ガウンの前がはだけ、たくましく張りつめた男の胸元が覗く。考えてみれば、エレノアとの行為の際に、彼がすべての服を脱いだことはまだなかった。

「これを脱がせたいのか？」

尋ねられ、エレノアは頷いた。

「俺の裸が見たいと？」

はしたないと思われるのは承知で、これにも頷く。

「……目にして楽しいものかどうかわからないが」

やや恥ずかしげに前置きすると、ジェイクはガウンを肩から滑り落とし、下着まで潔く脱ぎ去った。

　均整の取れた男らしい体つきに、エレノアは息を呑んで魅入った。

　がっしりした首に、広い肩幅。腕や脇腹に浮かび上がる、筋肉の流れの美しさ。

「なんて恰好悪い……」

「やめてくれ。照れる」

「お腹も出ているし、筋肉のかけらもないし……本当に、だらしない体」

「だから、褒めても何も出ないぞ」

　エレノアの言葉を逆の意味に解釈するのにも、ジェイクはすっかり慣れたようだった。

「俺などより、エレノアの体のほうがよほど美しい」

「ええ、言うまでもないことです」

「どうしてそう否定的なんだ。見てみろ。あそこに映る君自身を」

　腕を摑んで引き起こされ、ドレッサーのほうに体を向けられた。

　鏡に映った光景に、エレノアは頰を染めた。

　何ひとつ身に纏うことのない全裸の男女が、寝台の上で寄り添っている。

　ミルク色の双乳（そうにゅう）を、ジェイクは両側から寄せ集め、指を沈めて揉み立てた。

「あんっ……あっ――」

「こうして触れると、君の肌は体温があがって、色づいて……悩ましげに腰が揺れる様子も、快感に蕩けた目つきも、とびきり綺麗だろう?」

(綺麗……私が……?)

エレノアは朦朧と、鏡に映る己を見つめた。

以前に比べるといくらか豊かになった胸を揉まれて、細切れに喘ぐプラチナブロンドの女は、美しいかどうかはわからないが、不思議に幸福そうだった。

「それに、ここも」

ジェイクの手がエレノアの内腿を開かせ、秘められた花床が鏡に映される。

「甘酸っぱい蜜にまみれて、輝いて……真っ赤に熟れて、花が咲いたように美しい」

「ひぁっ……!」

背後から伸びたジェイクの指が、陰唇を左右にくっぱりと割り広げた。

蕾の開花に喩えられた割れ目の奥から、透明な愛液がとろりと零れ、後孔の窄まりにまで垂れていく。

あまりといえばあまりの痴態に、エレノアは首を打ち振った。

「やめ……やめないで……そこ、触って……!」

「嫌がっているのだということはわかるが……そう言われると興奮する」

ごくりと唾を飲む気配とともに、ジェイクの中指が蜜壷に沈んだ。

ぷちゅぷちゅじゅぷじゅぷと響く水音が、エレノアの羞恥心をよりいっそう煽っていく。

「あぁっ……続けて……続けて、ください……っ」

「貞淑な君の口からそんな言葉が聞けるとは、《魔女の気まぐれ》も今だけは神の恵みに等しいな」

　エレノアの乱れる姿を、鏡ごしにじっくりと凝視しながら、ジェイクは奔放に指を抜き差しした。

「あっ、あ、んっ……あああっ……」

「一本だけでは物足りないか？」

「そう……ああっ、指、もっと入れて……」

「ずいぶんと欲張りにねだるものだ」

　そんな意図で言ったわけでないことは、ジェイクもわかっているだろうに。

《魔女の気まぐれ》を逆手に取って、自分に都合よく解釈する。こんなふうに意地悪なところもあるだなんて、エレノアはジェイクの本質をまだまだ見抜けていなかった。

「だったら、やろう。——ほら、二本だ」

　増やされた指が奥まで押し込まれ、内部をぐちゃぐちゃと掻き乱す。じりじりと引き出されたと思ったら、秘玉（ひぎょく）の裏に当たる場所を、渦を描くように撫で回された。

「放したくなさそうに吸いついてくる。そんなに俺の指が美味いのか？」

「そう……ああんっ……もっと、もっとぉ……」

　自分の意志でないとはいえ、みだりがましい懇願が止まらないことに泣きたくなる。

　せめて黙っていたいと思うのに、響く快感が強すぎて、唇を閉じることも叶わない。

「君は中でも達せるが、ここを弄られるのも好きだろう？」

　ジェイクが逆の手を伸ばした先は、独りでに膨らんで莢から顔を出した淫芽だった。

　秘口から潤沢に溢れる液体をすくい取り、卵の白身のようなぬめりを、何度も丹念にまぶされる。

　敏感に過ぎる一点を摘まれ、くにゅくにゅと揉み込まれるうちに、腰全体が痺れてきた。

　中に潜り込んだままの指も蜜壁をずぐずぐと擦りあげているし、内と外からの容赦ない責め苦に、エレノアは息も絶え絶えだった。

「ん……ふ、ぁあ、……は」

　こんな恥ずかしいことは、今すぐやめてほしい。

　さっきまでは確かにそう思っていたはずなのに、お腹の奥が熱くて、きゅんきゅんと勝手に窄まって、何かを漏らしてしまいそうで。

「あっ……ジェイク様……ぁあっ、ふぁ、あぁぁん――っ！」

　ジェイクの肩に仰け反る頭を押しつけ、喉に絡む声をあげてエレノアは達した。

　平らかな腹部が、かすんだ視界にもわかるほどびくびくと波打ち、意識が甘やかに拡散していく。

「――目の毒だ」

乱れ喘ぐエレノアの姿に、ジェイクがぼそりと呟いた。

「快感に溶けて乱れる表情も、声も、泣き濡れたここも……全部」

「っ……!?」

背後から太腿を抱えられ、体が浮いた。

大股開きのまま、ジェイクの先端が蜜口にあてがわれ、恐れとも期待ともつかない戦慄が総身を駆け巡る。

「――全部、俺のものだ」

「ぁあああああっ……!」

何もかもが鏡に映されているせいで、挿入の瞬間はありありと目に焼きついた。

真上から下ろされたエレノアの体が、青筋立った剛直をぬぷぬぷと呑み込んでいく。

真っ赤な秘唇がめくれ、大量の蜜が涎のように垂れて、巨大な肉塊を根本までみっちりと食い締める様は、まさに好物を咀嚼しているかのようだった。

「これは……とんでもなくそそられる光景だな……」

淫ら極まりない結合部に視線を注ぎ、ジェイクが息を凝らした。

「少しやりづらいが……動く、ぞ……っ」

「あぁ、ぁあっ、あっ、あっ、んんっ!」

　小刻みに突き上げられる衝撃に、エレノアはたった今達したことも忘れて、新たな快楽に揉まれた。

　戸外で後ろから犯されたときもそうだったが、繋がる体位が普段と違うと、こんなところまで感じるのかという新たな発見の連続だ。

「ああ……やっぱり、君の中は堪らない」

　息を荒らげたジェイクが、さらに深い場所を抉るべく、ずんずんと腰をせり上げた。

「熱くて柔らかで、俺の形を覚えて寄り添って……中へ、中へと誘ってくる」

「んっ……あっ……」

「俺のものはどうだ、エレノア？　君をちゃんと感じさせられているか？」

　その声音が、思いがけず真面目で心配そうなものだったから。

「いいえ……あっ、ああっ、気持ち、悪いっ……」

「本当か？」

「だって、こんな……すごく、小さくて……ちっともいっぱいにならなくて――」

「そうか。俺のこれは、君にとってそんなに大きいのか」

　照れ臭そうにしながらも、男としての自信が満たされたらしいジェイクである。

「それはぜひ、《気まぐれ》が解けたときにも言ってくれ」

　楽しげに笑って、ジェイクは大きな律動を続けた。

子壺を押し上げられ、狭い蜜洞をずくずくと擦りあげられる摩擦熱が、どうしようもない愉悦と化して、エレノアの腰も物欲しげにうねった。

「あっ……ああっ、あ……！」

エレノアの喉が反り、毛穴が汗を噴いた。

男根にぴったり吸いつく女陰が形を歪め、襞という襞が深い愉悦にさざめく。

「君の腰も、中も……俺の動きに合わせて、いやらしく動いて……」

ジェイクの左腕で腰を抱えられながら、揺れる胸を右手で鷲掴みにされた。

脚の間の肉粒と同じく、木の実のように尖って硬くなった乳頭を、指の間に挟んでぎゅむぎゅむと締めつけられるのが気持ちいい。

ジェイクの腰遣いも次第に速まり、肌と肌のぶつかる打擲音が高らかに響く。

淫蜜にてかった屹立がじゅぽじゅぽと出入りする秘裂は、意志を持った生き物のようにひくつき、じんじんと強く痺れていた。

「あっ……ああん、んっ……あぁ——……！」

部屋中に噎せ返る性の匂いと、意識を酩酊させるブランデーの香り。

そのふたつに酔いしれて、エレノアは再び気を遣った。

「達ってしまったか……？」

自分はまだ逐情を果たしていないのに、ジェイクは動きを止め、エレノアの耳元に優しく囁いた。

「なぁ、エレノア。もう一度聞かせてくれないか」

（……何を？）

「俺のことを『嫌い』だと。君の本心からの『大嫌い』を」

（それは……でも……）

「大丈夫だ。君の心の声は、俺も心の耳で聞く」

こめかみに軽いキスをされ、エレノアは迷ったのちに口を開いた。

万一にも彼を傷つけることを恐れていたが、ジェイクがこう言ってくれているのなら。

「嫌い……です」

胸に宿るあらん限りの気持ちを、エレノアは言葉に乗せた。

「ジェイク様のことが、嫌いです。本当に、本当に、大嫌い。あなたと結婚して、私はとても不幸になりました」

「っ……エレノア……！」

「ひゃあっ⁉」

エレノアは驚愕し、悲鳴をあげた。

腰を掴んで回され、ジェイクの性器が膣内でずりゅんと擦れる。

息を詰めてやり過ごしているうちに、エレノアはいつの間にか、ジェイクの腰を跨いで向き合う体勢にさせられていた。

そして目の前には、興奮と感激に頬を上気させたジェイクの顔が。

「やはり君は、愛の女神だ。俺をこんなにも有頂天にさせる女性は、この世のどこにもいない」

熱に浮かされたように妻を賛美する様子は、《魔女の気まぐれ》に冒(おか)されていたときと、なんら変わりがなかった。

「可愛くて、可愛すぎて、法律で許される範囲の可愛さを超えている。触れれば触れるほど夢中になって、君なしでは一日もいられなくなって、もしや君は違法薬物か？　こんなにも危険な存在を、警察は取り締まらなくても大丈夫なのか？」

「んっ……んんー……！」

噛みつくように口づけられて、エレノアはジェイクの胸を拳で叩いた。

喜びが振り切れた挙句の行動だということはわかるが、これでは本当に窒息する。

しかも。

（な、なんで、また大きくなって……？）

エレノアの体内に突き立ったものは、むくむくといっそう嵩(かさ)を増していた。

ただでさえいっぱいいっぱいな長さと太さを誇っているのに、そこまで遠慮知らずな膨張をされたら、本気で腹を破られそうだ。

（質量保存の法則に反してるわ……――っ）

ちなみに質量保存の法則とは、「化学反応の前後で物質の総質量は変化しない」という定義なので、生体反応である勃起現象には当てはまらない。

要するに、普段の冷静さもどこかに吹き飛んでしまうほど、エレノアも動揺していたということだ。

「ああ、好きだ……大好きだ、エレノア……！」

辛抱できないとばかりに、またもジェイクの腰が蠢き始め、胎の奥が熱く燃え上がっていく。

二度の絶頂を経た体は鋭敏になりすぎていて、これ以上の刺激を受け止めきれずに、エレノアは必死で訴えた。

「あぁっ、やめないで……奥突いて、いっぱいずんずんしてぇ……！」

《魔女の気まぐれ》が解けた暁には、到底口にできないような淫らな言葉を発しながら、留まるところを知らないジェイクに、エレノアは気絶するまで抱かれ続けたのだった。

8章　卑劣漢の悪だくみ

秋の気配も遠ざかり、外套なしでは出歩けないほどに冷え込んだある日。

エレノアは侍女のノーマを伴い、馬車で一時間ほどの街に買い物にきていた。

以前は舞踏会の装いの参考にするため、女性ものの洋品店巡りをしたが、今回やってきたのは男性向けの服や小物を扱う店だ。

「奥様、この山羊革の手袋なんていかがですか？　艶出しの加工が素晴らしいですし、旦那様のサイズにもぴったりだと思いますよ」

ノーマが薦める手袋を見つめ、エレノアは考え込んだのちに首を横に振った。

肘にかけたバッグから鉛筆とメモ帳を取り出して、さらさらと文字を書きつける。

『とても上等な品だし、ジェイク様にもよく似合うと思うけど、手袋はもうたくさん持ってらっしゃるでしょう？　誕生日のプレゼントなんだから、もっと特別に喜んでもらえるものを探したいの』

思ったことと反対の言葉が口をつく《魔女の気まぐれ》は、舞踏会の夜から一ヶ月半が経った今も、まだ治まっていなかった。

屋敷の人間は事情を理解してくれているので問題ないが、外に出るにあたり、第三者を混乱させないよう筆談という手段を取ることにした。

たとえば今の場合、手袋は上等だと褒めていても、口に出せば『こんな粗悪品はジェイク様には似合わない』という台詞になり、店の人間を不快にさせてしまう。

初めこそ不思議そうな目で見られるものの、風邪をひいて喉を痛め、声が出ないのだと書いたメモを見せれば、大抵の人間は納得してくれた。

「そうですか……では、また次の店ですね」

ノーマは疲れた様子で息をつき、店の外に出た。

石畳の道をよたよたと進むノーマを追いかけ、エレノアはまたメモを書いた。

『三時間も付き合ってもらってごめんなさい。あとは私一人で回れるから、カフェで休憩しながら待っていて』

人より体重があるせいで膝に負担のかかるノーマは、長く歩くことが苦手だ。

貴族の女性の一人歩きは非常識な行為とされているため、お付きとして一緒に来てもらったものの、これ以上の無理をさせたくなかった。

「ですが、奥様。もし何かあったら、私が旦那様に叱られます。それに、言葉だってまだご不自由なままですのに」

『筆談はできるし、大丈夫。夕方の六時までには戻るから』

買い物をするのに、さほど複雑なやりとりは必要ない。外国に来たというわけでもないのだし、心配しないで――と続けてメモを見せると、ノーマはようやく折れた。やはり彼女も足が痛くて、本心では休みたかったのだろう。

待ち合わせ場所の時計台を確認しあったのち、エレノアはノーマと別れ、様々な店を覗いて回った。

靴屋では、狩猟用の編み上げブーツを。

文具店では、東洋の伝統的な螺鈿細工が施された万年筆を。

書店では、ジェイクがひそかに愛読している推理作家の新刊を。

それなりに魅力のある品は見つかるのだが、どれもいまいち決め手にかける。

夕暮れが迫る通りを歩きながら、エレノアは途方に暮れた。

(既成品じゃなくて、手作りのもののほうが喜ばれるかしら？　手編みの靴下とかケーキとか……でも、編み物もお菓子作りも下手くそだし)

ジェイクの誕生日は、もう三日後に迫っていた。

もっと早くから準備しておきたかったのに、《魔女の気まぐれ》を心配したジェイクが、エレノアを外出させないようにと執事のランドルフに命じたのだ。

『君を閉じ込めたいわけじゃないが、《気まぐれ》のせいで何かあったらと不安なんだ。どこかに出かけたいときは、俺が必ず一緒に行くから』

　そうは言うものの、《気まぐれ》が解けたジェイクには会社の仕事があり、これまでの遅れを取り戻すべく多忙な毎日を送っている。

　気軽に「買い物に付き合って」とは頼めないし、そもそも外出の目的は、当のジェイクに贈るプレゼント選びなのだ。こっそり用意して喜ばせたいのだから、一緒に出掛けるのでは意味がない。

（今日は、ヴィヴィアナさんがうまくやってくれたからよかったけど）

　ランドルフの目を盗んで出かけるにあたり、ひと肌脱いでくれたのは、またしてもヴィヴィアナだった。

　厳格なランドルフは、騒々しいヴィヴィアナを敬遠しているようだったが、そこは人心掌握に長けた魔女のこと。

　ランドルフがひそかに古切手収集を趣味としていることを聞きつけ、

『そういうのが好きなんだったら、あたしたくさん持ってるわよ？　昔の手紙を整理しようとしてたところだから、よかったら部屋に見にこない？』

　と誘い込み、監視の隙を作ってくれた。

あとは御者に事情を話して味方につけ、やっと屋敷を抜け出したというわけだ。

帰ったら叱られるのは確実だが、何事もなく戻れば問題ないだろう。ジェイクも苦い顔をするだろうが、彼のための贈り物を探していたのだという事情を知れば、いずれ許してくれるはずだ。

(なんとしても、素敵なものを見つけて帰らなくちゃ)

こんなふうにプレゼントにこだわったり、記念日を楽しんで祝うという体験も、エレノアにとっては初めてだった。

誕生日など、年齢の数字がただ増えていくだけの区切りに過ぎないと思っていた。

実際、去年のジェイクの誕生日には、ノーマに選んでもらったネクタイを形式的に贈っただけだ。自分のセンスを信用していなかったから、他人に頼ったほうが間違いはないと判断して。

しかし思えば、あのネクタイを、ジェイクは毎日身に着けて出社していた気がする。

そしてエレノアの誕生日には、どのような苦労をして手に入れたのか、高名な数学者の自筆の手紙を額装して贈ってくれた。

五世紀も前に生きた学者が、新しい定理の証明を学会に報告した手紙は、博物館に展示されてもおかしくないほど貴重なもので、信心深さのかけらもないエレノアでも、それだけは自然と拝んでしまう。難しい問題を前にして唸っているとき、数学の神がひらめきをもたらしてくれる気がして。

　つまり、ジェイクはエレノアを喜ばせるために力を尽くしてくれたのに、対する自分はあまりに誠意に欠けていた。

　いろいろあって互いに愛し合っていることがわかった以上、今年こそは挽回したいと意気込んでしまう。

(確かこの路地を抜けたら、また別の文具屋さんがあるって、さっきのお店の人が教えてくれたけど)

　近道になると聞いた裏路地に、エレノアは足を踏み入れた。

　来年度の手帳はどうか。しかし計画的なジェイクのことだから、年の瀬も近くなった今、自分で用意しているかもしれない――などと考え込んでいたせいで、背後から忍び寄る気配に気づかなかった。

「きゃっ!?」

　いきなり体の左側に衝撃を受けて、エレノアはたたらを踏んだ。

　ぶちっ、と何かの千切れる音がして、肘にかけていたバッグがなくなっていることに気づく。

　細い路地を疾風(はやて)のように走り抜けていくのは、薄汚れた風体の少年だった。

　持ち手の切れたバッグを抱えて、エレノアを振り返ると、欠けた前歯を見せてにやっと笑う。

(ひったくり……――!)

店巡りに夢中になるうち、街の南側は治安が悪いから近寄らないようにと、ノーマに忠告されたことを忘れていた。

エレノアはドレスの裾をからげ、スリの少年を追いかけた。

「待たないで!」

待ちなさい、と叫ぶつもりが、どうしても反対の言葉になる。

一瞬きょとんとしたものの、少年はすぐにまた鼠(ねずみ)のような俊足で駆け出した。

「逃げて! そのバッグだけは、返さないで……!」

奪われたのは、『今日の恰好にぴったりじゃない?』と、出かけざまにヴィヴィアナが貸してくれたものだった。

薔薇のコサージュがついたワインレッドのバッグは、同じ色をしたエレノアの外套に、確かによく似合っていた。

少年が消えた突き当たりの角に、エレノアも急いで飛び込んだ。

瞬間、背を低くして待ち構えていた少年に、当て身を喰らって跳ね飛ばされる。

建物の壁に頭をぶつけて、ゴンッ! と盛大な音が頭蓋(ずがい)を揺らして響いた。

目の前に星が散るというのは本当で、エレノアはその場にひっくり返った。

「あんたみたいなお貴族様が、一人でふらふら歩いてんのが悪いんだぜ。どーぞカモにしてくださいってなもんだ」

仰向けに倒れたエレノアを、スリの少年が呆れたように見下ろす。

「今日はいい稼ぎになったぜ。じゃーなっ！」

（待ちな、さい……待って――……）

走り去っていく足音を聞きながら、脳震盪を起こしたエレノアの意識は、次第に混濁してぷつりと途切れた。

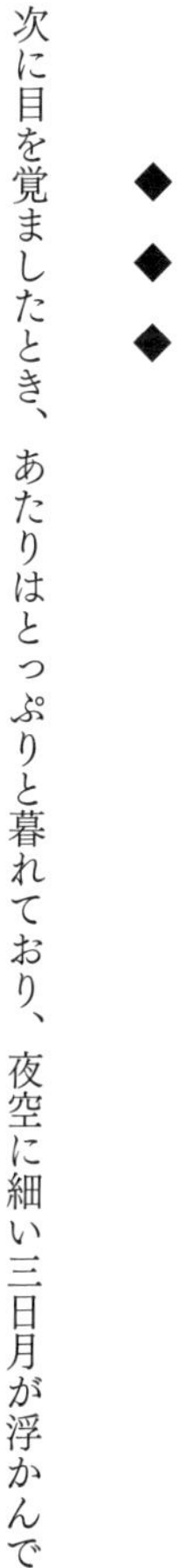

次に目を覚ましたとき、あたりはとっぷりと暮れており、夜空に細い三日月が浮かんでいた。

饐えた匂いのこびりついた地面から、エレノアはのろのろと身を起こした。

（私……子供のスリに遭って、気絶して……）

夜の気温にぶるりと震えながら、これまでの経緯を思い返す。

ずいぶんと時間が経ったようだが、幸か不幸か、エレノアがここで倒れていることに誰も気づかなかったらしい。

（ノーマのところに戻らないと）

正確な時刻はわからないが、夕方の六時はとっくに過ぎてしまっている。戻ってこないエレノアを心配して、ノーマはパニックになっているかもしれない。

ぶつけた頭をさすると、少し腫れてはいるものの、外傷はないようだった。

とりあえず待ち合わせをした時計台まで行ってみようと、瓦斯灯の灯る表通りに出たエレノアは、夕方とは桁外れの人の多さに圧倒された。

どうやらこのあたりは、酒を出す店が集まっているらしく、労働者風の男たちが大勢行き交っている。

女の姿もないことはないが、居酒屋の客引きだったり、いかがわしい商売に従事する雰囲気の女性だったりで、エレノアは明らかに場違いだった。

「綺麗なお嬢さん、どうしたんだい、一人か？」

「俺たちと一緒に飲もうぜー！」

酔っぱらいたちに声をかけられ、行く手を塞がれて、エレノアは困惑した。

舞踏会の夜以降、つい習慣になって、小綺麗な恰好を続けていたのが災いした。以前の垢抜けない姿のままなら、誰もエレノアに絡んでくることなどなかっただろうに。

（放して。通してください）

筆談用のメモはバッグごと盗まれてしまったし、声にして訴えることもできない。

表情と身振りで拒絶の意志を示すものの、酒の入った男たちは、げらげらと品のない笑い声をあげるばかりだ。

どうしたものかと焦っていると、ふいに人ごみの中の一人と目が合った。

「エレノア!?」

（――……最悪）

悪いときには悪いことが重なるものだ。

エレノアを見つけて近づいてきたのは、舞踏会の夜にも出会ったウォルターだった。水商売らしい女性を小脇に連れていたが、エレノアを目にするなり、野良犬にでもするように「しっしっ」と追い払ってしまう。

「どうしたんだ、こんなところで。ラヴィエル伯爵は一緒じゃないのか？」

人格や品性はともかく、身なりだけは立派なウォルターの登場に、酔漢たちは気圧されたように散っていった。ある意味助かったとも言えるが、感謝をしたいとは思わない。

「どこに行くんだ？」

無言で歩き出したエレノアを、ウォルターはしつこく追いかけてきた。

「もしかして、この間のことを怒ってるのか？　過ぎたことをいつまでも根に持つのは性格が悪いぞ。外見よりも、女は心が綺麗じゃないとな」

『連れ歩いて恥ずかしくない妻(めと)を娶りたいと思うのは当然のことだろう？』という外見偏

重の発言のもと、エレノアとの婚約を破棄したことなど、ウォルターの記憶からはさっぱり抜け落ちているようだ。

（こういうのをきっと鳥頭（とりあたま）っていうのね）

冷めた気持ちのままずんずんと歩き、時計台まで辿り着いたが、やはりノーマの姿はなかった。ラヴィエル家の馬車を待たせていた場所までも戻ってみたが、結果は同じだ。

エレノアが行方不明になったと慌てたノーマは、事態を知らせるべく、一旦屋敷に戻ったのかもしれない。

ならば、辻馬車を拾って帰るか――と考えたが、今の自分は無一文なのだった。

こういった場所の辻馬車が後払いでもいいのかどうか、世間知らずなエレノアにはわからない。御者に事情を伝えるにしろ、筆談ができない状態でどこまで話が通じるか。

「もしかして、手持ちがないのか？」

こういうときに限って、ウォルターは妙に勘がよかった。

「迷子になって、置き去りにされて困ってる？　……はは ぁ、なるほど。だったら、俺が君を家まで送ろう」

（本当に？）

思わずすがるような目をしたエレノアに、ウォルターは「そのかわり」と、近くのパブを親指で示した。

「今からそこの店で一杯だけ奢らせてくれないか。君の気持ちに応えられず婚約を解消したことを、一度ちゃんと謝りたいと思っていたんだ」

エレノアは怒るよりも呆れてしまった。

(この人の生きてる世界は、どこまでおめでたいの？)

舞踏会の会場でジェイクに対し、『僕に振られたエレノアは、ずいぶん長い間泣き暮らしていたと聞いています』とのたまったのも、嘘をついたつもりはなく、本気でそう思い込んでいたのかもしれない。

(こんな人に借りは作りたくないけど……借りだなんて思う必要自体ないのかも)

ウォルターにはさんざん神経を逆撫でされたし、迷惑もかけられた。

屋敷まで送ってもらうにせよ、馬車代だけを借りるにせよ、ほんの一杯付き合ってすむなら、さっさとそうして縁を切りたい。

「あれ、いいんだ？　話がわかるね」

ウォルターの示したパブの扉を、エレノアは自ら押し開けた。

その店は一階が酒と料理を出す場所で、二階が宿屋を兼ねているようだった。

思ったよりも落ち着いた雰囲気で、照明は絞られており、客の数も多くはない。

「いらっしゃい。また来てくれたんですね、旦那」

カウンターの内側でグラスを磨いていた店主が、常連らしいウォルターに挨拶した。

しかし、その隣のエレノアに気づくと、咎めるような憐れむような、なんとも微妙な顔をする。女たらしのウォルターにみすみすひっかかった、愚かな娘だとでも思われているのかもしれない。

奥の席につくと、ウォルターはウイスキーを頼み、エレノアはアルコール度が低めの林檎酒を注文した。

ほどなく運ばれてきたグラスを手に取り、ウォルターが求めるままに仕方なく乾杯する。長居をする気はなかったので、エレノアはほとんど一気に林檎酒を干した。

「いい飲みっぷりだねぇ」

感心したようなウォルターを尻目に、空になったグラスをテーブルに置く。

途端、指先にちりりとした痺れが走った。

(……え?)

気のせいかと思ううちにも、痺れは指から腕を伝い、頭の芯にまで及んだ。

上体が舟を漕ぐように揺れて、周囲の景色がぐるりと回り、エレノアはテーブルに突っ伏した。

「大丈夫かい?　酔ってしまったのかな」

肩に手を回してきたウォルターが、エレノアにしか見えない角度でにんまりと笑った。

林檎酒に何かを仕込まれたのだと、確信したときには遅かった。

意志の力ではどうしようもない眠気に襲われ、瞼がどんどん重くなる。

（一日のうちに二度も気絶するなんて……一体、今日はどういう日なの……）

己の迂闊さに歯噛みしながら、エレノアの視界はまたしても完全な闇に閉ざされた。

どこかの寝台に横たえられたエレノアは、見慣れない天井の木目をぼんやりと見上げていた。

小心そうな男の声が、足元のほうから聞こえてくる。

「旦那ぁ……本当に、いい加減にしてくださいよ」

いつの間にか目覚めていたようだが、まだ体がだるく、首を巡らせるので精一杯だ。

宿の一室らしい入り口で、さっきの店主とウォルターが押し問答している。

「そこらでひっかけた町娘とは違って、この人はそれなりの身分の女性でしょう。部屋に連れ込むために睡眠薬を盛るのにも、これ以上協力はできませんよ」

「うるさいな。金はいつもたっぷり払ってるだろう」

「ですが、こんなことが警察に知れたら」

「いいから出てけ！　俺に靡（なび）かない生意気な女に、これからお仕置きをしてやるんだよ。

あんな堅物な旦那相手じゃ、一度もイったことはないはずだ。俺のセックスの虜になれば、こいつのほうから抱いてくれってすり寄ってくるから問題ないさ」

「……どうなっても知りませんよ」

自信満々に言い切るウォルターに、店主は諦めたような息をつき、部屋を出ていった。

（行かないで、助けて……！）

叫んだつもりが、まだ薬が抜けきっていないのか、ひしゃげた呻き声にしかならなかった。睡眠薬と店主は言ったが、体を麻痺させる成分も含まれているようだ。

ウォルターが振り返り、人はここまで浅ましくなれるのかと驚くような、下卑た笑みを浮かべた。

「起きたのか。もしかして聞かれていたのかな」

だとしても問題はないとばかりに、ウォルターは寝台に乗り上がり、顔を引き攣らせるエレノアの体を跨いだ。

「俺の言ったことは当たりだろう？　ジェイクなんかに抱かれたって、ちっとも気持ちよくないだろう？　あいつは馬鹿がつくほど真面目で潔癖で、女の扱いを知らない童貞だって有名だったからな」

（ジェイク様をどこまで侮辱する気なの……！）

できることなら、ウォルターの顔に唾でも吐きかけてやりたかった。

堅物で真面目で童貞だったことの、一体何が悪いのだ。

傍（はた）からは素っ気なく見えるかもしれないが、本当のジェイクはとても愛情深く——というより愛が重すぎて——ときに窒息させられそうだけれど、エレノアはとても幸せだ。

結婚するまで未経験だったのは誠実さの証だし、最近の彼はめきめきと目覚ましい成長を遂げて、どうか勘弁してくださいとエレノアは毎晩泣かされている。童貞の潜在能力（ポテンシャル）を舐めるな。

などなど脳内で反論していたせいで、現状把握が遅れた。

動けないエレノアのドレスを、ウォルターは慣れた手つきでするすると脱がせ、あっと言う間にシュミーズだけの姿にさせていた。

「ドレスの上からでも思ったけど、やっぱりだ。ずいぶん色っぽい体つきになったじゃないか」

「っ……！」

膝から腿までを撫で上げられ、ミミズに肌を這われたような怖気（おぞけ）を感じた。

ウォルターなどに穢（けが）されるくらいなら、ミミズとナメクジでいっぱいの落とし穴に投げ込まれたほうがまだマシだ。

エレノアは腹に力を込め、あらん限りの大声を出した。

「やめ——ないで！」

「へ……？　ああ、まぁ、やめる気はないけど」

「もっと触って！　早く脱がせて！　あなたのことが昔から、ずっとずっと好きだったの！」

「いや……誘ってくれてるなら嬉しいけど、どうしてそんなにものすごい顔をしてるんだ……？」

シュミーズの裾をめくりかけながら、ウォルターは困惑顔で固まっていた。

エレノアが喉の奥から唸り声をあげ、血走った目をくわっと見開き、獣のように歯を剝いた威嚇の表情をしているからだ。

(こうなったらもう、破れかぶれよ)

体は満足に動かないし、《魔女の気まぐれ》のせいで、拒絶の言葉は逆の意味に変換されてしまう。

だったら思い切り強烈な顔をして、情緒のない叫び声をあげて、ウォルターの助平心を萎えさせてやる。

「お願い、抱いて！　今すぐ抱いて！　あなたの素敵なもので気持ちよくさせて――――！」

こうするしかないとはいえ、自棄っぱちぶりが情けなくて泣きたくなる。

しかしウォルターは、その程度では引き下がらない筋金入りの下衆だった。

「あのさ、ちょっと黙ろうか」

「んぐっ……！」

取り出したハンカチで猿轡を噛ませ、ウォルターはエレノアの声を封じた。必死の形相には目を向けず、首から下だけを見ることにしたらしい。

「なんだか調子が狂ったけど、突っ込んじまえば同じだからな。さぁ、これからじっくり楽しもうか？」

「んんんっ……んんー……っ！」

蹴りつける力もないエレノアの脚を、ウォルターはことさらゆっくりと開いていく。

背筋を本物の危機感が走り抜け、目尻に涙が浮かんだ。

（ジェイク様以外の人と、あんなこと……そんなの、絶対に嫌……――！）

顔を背け、この先に起こることからも全力で目を逸らそうとしたときだった。

ダンッ！　と部屋全体を揺るがす轟音が響き、蝶番の壊れた扉が蹴り開けられた。

その残骸を踏みつけて乗り込んできた人物が、手にしたステッキで、躊躇なくウォルターのこめかみを薙ぎ払う。

「うぎゃっ!?」

寝台から転がり落ちたウォルターは、何が起きたのかわからずに狼狽し、血の噴き出すこめかみを押さえた。

その首に、背後から素早くステッキが回される。

ぎりぎりと絞めつけられたウォルターの顔面は真っ赤になり、次いでどす黒く膨張し、呼吸ができずに泡を噴いた。

「――俺の妻に何をした？」

ウォルターを拘束した男が、地獄の使者もかくやというほどの低い声を発した。

（ジェイク様……――）

エレノアは、幻を見ているのではないかと思った。

絶体絶命の場面でジェイクが助けにきてくれたこともだが、表情の抜け落ちた彼の横顔は、魂が凍りそうに恐ろしく、生身の人間らしさがかけらもない。

顔かたちは確かにジェイクなのに、彼の仮面をかぶった別人なのではと疑うほどに。

「この世にふたつとない宝に、薄汚い手で触れたその罪、みすみす償えると思うなよ。地獄の底で後悔させてやるのはもちろんとして――その前に」

ダークグレイの瞳が、暗い情念に細められた。

「何をされるのか最期まで恐怖を感じられるように、まずは片目だけを抉ろう。両手両足の爪を剝ぎ、四肢を釘で打ちつけて、歯という歯を引き抜こう。局部を金槌で潰して、関節の骨を砕いて、すべての傷口に酸を浴びせて、それから最後には」

「ちょーっと待って待って待って！　さすがに大昔の魔女狩りでも、そこまでひどいことしないから！」

淡々と語られる陰惨な復讐計画を、甲高い少女の声が遮った。

「災難だったわね、エレノア。大丈夫？」

たたっと寝台に駆け寄ってきたのは、透明な水晶玉を抱えたヴィヴィアナだった。

「ノーマが戻ってきて、『奥様がいなくなった、自分の責任だ』って大泣きするから。遠(とお)見(み)の術で居場所を突きとめて、ジェイクと一緒に助けにきたの。遅くなってごめんね。怖かったわよね」

ヴィヴィアナはエレノアの猿轡を解き、まだ麻痺の残る上体を起こしてくれた。

自分よりもずっと小さな少女に抱きしめられて、エレノアの体はいまさらのように、かたかたと震え出す。

「こ……怖かった……すごく、怖くて……っ！」

「うんうん、そうよね。もう大丈夫——って、あれ？」

ヴィヴィアナは瞳を瞬かせ、エレノアの全身をとっくりと眺めた。

「エレノア。あんた、治ったわよ」

「え？」

「《魔女の気まぐれ》の効果が消えてるって言ってるの。不幸中の幸いっていうか……

ショック療法っていうのも、案外効果的なのかも？」

　これは新しい発見だわ、とひとしきり頷いたヴィヴィアナは、恐怖に失神したウォルターをなおも絞め上げるジェイクを振り返った。

「ちょっと、ジェイク！　エレノアをよしよしするのは、あたしじゃなくてあんたの仕事でしょ？」

「エレノアを……よしよし……？」

　ジェイクの瞳に徐々に光が戻り、彼はゆらりと立ち上がった。

　入れ替わるようにヴィヴィアナが、床に倒れたウォルターの背中を、ブーツの踵でぐりぐりと踏みにじる。

「こっちのクズはあたしに任せて。あんたはエレノアを連れ帰って、たっぷりよしよし！」

「……よしよし」

「いちゃいちゃ！」

「……いちゃいちゃ」

「思いっきり大事にして甘やかすのよ。いいわね？」

「心得た」

　真顔で頷いたジェイクは、エレノアを難なく横抱きにした。

　ヴィヴィアナの前でそんな真似をされて、恥ずかしさを覚えたのも束の間。

「……死ぬかと思った」

「え？」

「エレノアに何かあれば、俺の心臓はすぐさま鼓動を止める。俺の目の届かないところで、どうか危険な目に遭わないでくれ。――頼むから」

表情は動かなかったけれど、ジェイクの声も吐息も震えていて、彼が本気で怯えていたことが伝わってきた。

約束を破って屋敷を勝手に抜け出したことを、エレノアは心から反省し、ジェイクの首にしがみついた。

「……――ごめんなさい」

体を支えている腕に、さらなる力がこもる。

世界中のどこよりも安心できる夫の胸を、エレノアは後悔と安堵の涙で濡らした。

9章　待ち焦がれた告白

白い湯気の立ち込める浴室には、悩ましい喘ぎ声が反響していた。

「んっ……あ、ジェイク様……そんなところまで、触られてません、から……っ」

「駄目だ。ウォルターと同じ空間にいただけで、君の清らかな肌は汚染されたんだ。俺がすみずみまで綺麗に洗ってやらないと」

「あぁぁんっ……」

シャボンだらけの湯が波打つ浴槽の中、ジェイクの手が直にエレノアの肌を這う。

エレノアを屋敷に連れ帰った彼は、安堵に泣き伏すノーマを宥めたあと、メイドに湯を沸かすよう命じた。

準備が整うと、当たり前のように共に入浴しようとするので、エレノアは大いに慌てた。

その頃には体の痺れも抜けていたし、一人で大丈夫だと主張したのだが、

『魔女殿と約束したからな。君を大事にして甘やかすと』

と言い返すジェイクに、あれよあれよと服を脱がされ、浴室に連れ込まれた次第だ。

ジェイクも一糸纏わぬ裸で、浴槽内で互いに向き合い、腰を抱かれて密着している。

そんな状況で体を洗われ、妙な気持ちにならないでいられるわけがない。

「あっ……ん、そこ……」

大きな手が柔らかな胸の稜線を辿って、むにゅむにゅと柔らかく揉みあげる。

洗っているというのは建前に過ぎず、これはもはや、ジェイクが触りたいように触っているだけだ。

その証拠に、互いの腹の間には、お湯よりも熱い彼の分身が屹立している。

ジェイクがエレノアを見る目つきにも、明らかな雄の情欲がちらついていた。

「あん、あっ……や、いや……」

湯当たりをしたせいだけでなく、エレノアの頬は火照り、くらくらしてきた。

ジェイクとは何度も肌を合わせたけれど、一緒に風呂に入るという体験は初めてで、また格別の恥ずかしさがある。

本来はゆっくり寛げる日常空間のはずなのに、そこで淫靡な戯れをしていると思うと、ますます体が昂って。

（でも……でも、流されちゃ駄目……っ）

エレノアは必死に理性を立て直し、ジェイクの肩を摑んで押しやった。

「待って……本当に困ります」

「俺に触られるのは嫌なのか？」

「違いますから、いちいち叱られた犬みたいな顔をしないでください」

実際は、しゅんとしたジェイクにも母性本能がくすぐられてしまうのだが、今はそれを堪能している場合ではなかった。

「ジェイク様。私の《魔女の気まぐれ》は解けました」

「ああ、そうだな」

「これで障害はなくなったわけです。つまりその……私が、ジェイク様に、あの……」

その先を続けるのには、どうしたって緊張する。

何せ、こんなことは生まれて初めてだ。

心から好きになった男性に、その気持ちを伝えること。

人類が言葉というものを知ったときから、ありったけの勇気と覚悟を伴い、数えきれないほど繰り返された愛の告白。

さぁ今こそ、と己を鼓舞（こぶ）した瞬間。

「待ってくれ」

今度は、ジェイクが片手をあげて遮った。

「もしかして君はこれから、俺に告白をしてくれるつもりなのか」

「え？　ええ……そのつもりですが」

「そんな重大で歴史的な局面において、俺はこんな恰好で構わないのか？　もし時間をもらえるなら、持っている中で一番いい燕尾服を着るし、髪も整えて髭もあたって、美しい星空のもとにでも移動してからのほうが」

「まどろっこしいです」

エレノアはすぱん、と撥ねつけた。

星空ってなんだ。乙女か。と溜め息を呑み込み、ジェイクの頬を両手で包む。

「ずいぶん待たせてしまいましたし……私も、もう待ちたくないんです」

ジェイクが息を呑み、瞳を揺らした。

エレノアよりも緊張した彼の様子に、思わず笑みが浮かぶ。

ジェイクにこんな顔をさせられるのは自分だけだと思うと、嬉しくて、誇らしくて、体中いっぱいにきらきらとしたものが満ちて。

溢れて。


「ジェイク様が好きです」

意気込んでいたのはなんだったのかと思うほどに、言葉は自然と口から零れた。

「周りの人にいつも誠実で。それ以上に私を特別に想ってくれて、優しくしてくださるあなたが好きです。自分でも知らなかった長所を見出して、私に自信を持たせてくれた、ジェイク様のことが大好きです」

見開かれていくジェイクの瞳があまりに綺麗で、吸い込まれそうになりながら、ずっと伝えたかった想いを言葉に換える。

「あなたに恋ができて、よかった。愛するということを知らないまま死なずにすんで、本当によかった。私を好きになって、妻にしてくださって、ありがとうございます。どう報いたらいいのかわからないけど、ジェイク様にいただいたたくさんのものは、これから一生をかけて返していきます」

「……──っ」

ざばんっ！　と目の前で大きな水飛沫が立った。

ジェイクが何故かいきなり顔を覆い、湯の中に頭まで沈んでしまったのだ。

「ど、どうなさったんですか!?」

肩を摑んで揺さぶり、引き上げようとしても、ジェイクはなかなか水面に出てこようとしなかった。

潜水の限界記録に挑戦しているのかと思うほどで、これは本気で人を呼んだほうがいいのではないかと、エレノアがおろおろしていると。

「油断した……」

ようやく顔をあげたジェイクが、髪からぽたぽたと湯を滴らせ、口元を拳で隠した。

エレノアのほうをまっすぐ見られないかのように、その視線は横に逸らされていた。

「ずっとその言葉を聞きたいと願っていたのに——まさか泣かされそうになるなんて」

「えっ、泣いちゃったんですか？」

「違う、泣きそうになっただけだ！」

ジェイクは全力で否定したけれど、その耳は先端まで真っ赤だった。

湯に潜った顔はびしょ濡れで、これでは本当に泣いていたとしても誤魔化せてしまう。

エレノアは、くくく……と喉を鳴らした。

「ジェイク様……可愛い」

「——笑うな」

「またひとつ、ジェイク様の好きなところを見つけてしまいました」

「それはありがたいが……君は俺がみっともないところを見せるほど、嬉しそうだな」

「はい。私だけしか知らない、特別なジェイク様ですもの」

ジェイクが可愛くて愛しくて、濡れた髪を両手でくしゃくしゃと掻き回していると、彼は不機嫌そうに呟いた。

「君ばかり余裕ぶっているのが、気に入らない」

「え？　――ひゃあっ！」

剝き出しの首筋に吸いつかれて、悲鳴に甘い響きが混じる。

すっかり弱くなってしまったそこを舐めあげながら、ジェイクは色めいた上目遣いで問いかけた。

「ここでがいいか？　それとも部屋で？」

「な、何がですか？」

「君のすべてをとろとろに甘やかして、可愛がる場所だ」

その行為が何を指しているのかは明白で、エレノアはいまさらのようにたじろいだ。

「しない、って選択肢はないんですね……」

「あんな嬉しい告白で俺を舞い上がらせておきながら、それはないだろう」

エレノアの答えを待たず、ジェイクはエレノアを軽々と抱き上げて浴槽を跨いだ。

続きは寝室らしいと観念したエレノアは、頰を染めて、濡れた体をジェイクに預けた。

その夜のジェイクの前戯は、いつにも増して執拗だった。

広い寝台の上でエレノアは快感に身をよじり、追い詰められて、何度も泣きの入った声をあげた。

絶頂を迎えた数は片手の指では足りないほどで、今も大きく開かされた脚の付け根で、ジェイクの頭が上下している。

「あっ……ん……はぁ……あぁ……」

敏感な突起にぬらつく舌が絡みつき、ころころと転がされる。

そのたびに甘い痺れが走って、絶え間ない喘ぎ声が洩れてしまう。

「やっ、も……そこばっかり、だめ……」

「どうして駄目なんだ？」

「ひ、ひりひりして……取れ、ちゃい、そ……あっ、やっ、ぁあああっ！」

「また達したのか」

唾液と蜜液でびしょびしょになった口元を拭い、ジェイクが顔をあげた。

満足げなその表情を、エレノアは恨めしく睨んでしまう。

「ずるいです……さっきから、私ばっかり」

「気持ちよくなっているのは君のほうなのに、責められるとは心外だ」

「そうですけど、でも」

エレノアは体を起こし、ジェイクに向き直った。

改めて口にするのは恥ずかしかったが、覚悟を決めて切り出す。

「――私からも、何かして差し上げたいんです」

思いもしない申し出だったのか、ジェイクはぱちくりと瞳を瞬かせた。

「こういうときはいつも、ジェイク様にしていただくばかりなので。お返しに、私も……」

「魔女殿に、何か入れ知恵でもされたのか？」

エレノアは「う」と声を詰まらせた。――図星だ。

『たまには積極的になってみせないと、男ってのは、すぐに飽きちゃう生き物なのよ』

二人で午後のお茶をするのが習慣になった頃、ヴィヴィアナはしたり顔でそう言った。

『具体的にナニをするのかは、ジェイクに教えてもらいなさい。好きな女を一からじっくり手ほどきするのも、男にはたまんない醍醐味らしいから』

ジェイクに飽きられるなどという事態は想像したくもないし、好きな彼に喜んでもらえるならば、できる限りのことはしたい。

ヴィヴィアナの助言に従うに至った経緯をぼそぼそと白状し、

「それにしても、どうしてわかったんですか」

と尋ねると、ジェイクはわずかな間を置いて言った。

「俺も、彼女に背中を押されたからだ」

「え？」

「彼女が屋敷に住むようになって、しばらくしてな。女性の体をどう扱えばいいのか、どこをどうすれば気持ちよくなってもらえるのかと——あ、いや、さすがに口頭の伝授ではなく、本を貸してくれたんだ。魔女殿が長年かけて蒐集したものらしく、古今東西の、いわゆる艶本というものを」

（なんてもの渡してるんですか、ヴィヴィアナさん……！）

ここにはいない魔女に向かって、叫ばずにはいられなかった。

どうりで、ジェイクの技が日に日に冴え渡っていくはずだ。エレノアの才は数学分野だけに特化しているけれど、彼は何事においても優秀で学習能力が高いのだ。

腰が立たなくなるまで責め抜かれたのも、連日の寝不足に悩まされることになったのも、元はといえばヴィヴィアナがジェイクを焚きつけたせいだったとは。

「魔女殿には何度も助けられているし、感謝もしているが、ひとつだけ訂正しておこう」

ジェイクはいたって真面目に言った。

「俺は君が何もしてくれなくても、どれだけ同じことを繰り返しても、決して飽きたりなどしない。エレノアが俺を見て、喋って、笑ってくれる。それ自体が奇跡なんだ。奇跡を当然に受け止めて飽きる存在がいるとしたら、それはもう人間じゃない。神だ」

「ええと……」

ジェイクの妄信的な愛情表現にも大分慣れたつもりでいたが、ここまで大仰なことを言われると、どうしたものか困ってしまう。

「でしたら私は、何もしなくてもいいということでしょうか」

「それとこれとは、また別問題だ」

悩める哲学者のように、ジェイクは重々しく切り出した。

「可能ならば……君さえ嫌でなければ、少しだけ触ってもらっても構わないか」

ここを、と目線で示された部分は、下腹に先端がつきそうなほど反り返っていた。

会話の間はエレノアに触れていたわけでもないのに、期待に満ち満ちてといったところだろうか。

「……はい」

緊張はするけれど、ジェイクから請われたことには応えたい。

エレノアはそろそろと彼の屹立に手を伸ばした。

硬直した幹に指先が触れるなり、ジェイクが熱い息を吐く。筋を浮かせた肉茎が、根本からびくんと震えた。

「先のほうを刺激してもらえると……」

「ここですか？」

嵩張った先端には、浅い切り込みのようなものが見えた。

そこに開いた小さな孔から、とろりとした露が溢れ、雫となって垂れていた。

その源泉に親指を当てて、ぬるぬると撫でてみる。

他の指も使って、雁首の周囲にぐるりと塗り込め、くびれ付近をぐちゅぐちゅとゆるく上下に擦った。

「っ……いい――」

眉間を寄せ、半眼でエレノアを見つめるジェイクの表情が、ひどく婀娜めいていてどきりとした。

彼もこんな気持ちでエレノアを翻弄していたのなら、つい夢中になってしまうのもわかる気がする。

「全体を扱いて……大きく……そうだ」

ジェイクの求めるままに、エレノアは手首を動かした。

先走りが広がったせいで、掌と肉竿の間でぬちゃぬちゃと卑猥な音が立つ。次第にすべらかになった摩擦に、ジェイクが息を荒らげる様子は、いっそう扇情的だった。

「っ……そこまでされると、達してしまう」

ふいにジェイクが焦ったように、エレノアの腕を押さえた。

何やら名残惜しい気持ちになって、エレノアは尋ねた。

「もう終わりですか？」

「だから、続けられるとすぐに限界が」

「構いません」

エレノアはぐいと身を乗り出した。ジェイクの胸板に当たった乳房が柔らかく潰れて、彼をどぎまぎさせていることにも気づかずに。

「言ったでしょう？　ジェイク様にいただいたものを、これからお返ししていくって。私だってジェイク様のためになることをしたいんです」

「本当に、君は――俺を調子に乗らせると、どうなるのかわかっているのか？」

怒ったように言って、ジェイクはエレノアの肩を押し下げた。

熱気まで伝わってきそうな距離で、赤黒く実った男の欲の塊が揺れる。

「俺のこれを口にして、舐めてくれと言ったらできるのか？　さすがに無理だろう」

挑むように問われ、戸惑う気持ちがなかったとは言えない。

けれど。

「……無理じゃないです」

そんな場所に直に口をつける行為は、頭が煮立ちそうに恥ずかしいが、それを言うならジェイクだっていつも同じことをしているのだ。

思わぬ返答に目を丸くしている彼を見上げ、エレノアはそろりと舌を伸ばした。

塩気に加え、どこか奇妙な風味を帯びた体液を、ちろちろと舐めていく。

羞恥はあっても嫌悪感がないのは、どれほど威圧的な見た目でも、これが大好きなジェイクの一部だからだろう。

「……――エレノア……っ」

エレノアの頭に置かれた手が戦慄(わなな)き、プラチナブロンドを掻き乱された。

「なんてことを……君にこんなことをさせて、俺はきっと天罰を受ける――」

本気で罪の意識を覚えているらしい反面、内腿は快感に震え、腰が揺らいでいる。

それを見て、エレノアの下腹も何故かじゅくりと疼いてしまった。

(――ジェイク様に、たくさん感じてもらいたい)

なんの予備知識もないなりに、ジェイクの反応を窺いながら、エレノアは思いつく限りのことを試した。

亀頭周辺の粘りけを舐め取ったあとは、思い切って口を開き、そそり勃(た)つものをはくりと咥える。

顎の付け根が痛むほどに大きいそれに、懸命に舌を絡ませ、裏側をぴちゃぴちゃと舐め回した。

拙(つたな)くとも懸命に首を振り、喉の奥まで含もうと健気(けなげ)に頑張る愛妻の姿に、ますます興奮を増した男根は、口腔を内側から圧していく。

「ん……ジェイク様……気持ちいい、ですか……?」

息継ぎをしながら尋ねると、ジェイクは酔ったような瞳で頷いた。

「ああ……きっと俺はもう、死んで天国にいるんだと思う」

死者の体がこんなにも熱く、元気であるわけがない。

そう言い返す間もなく、エレノアの体は引き起こされ、ジェイクの腰を跨いだ膝立ちの姿勢にさせられていた。

「――君も一緒に天国にいこう」

とっくに潤(ほと)びきった蜜口に、熱塊がぴたりと押し当てられる。

ずっ――と狙いをつけて押された切っ先が、火照(ほて)って濡れた蜜路を、斜めに擦りあげながら潜り込んだ。

「ああ……はぁっ……！」

深くまで開かれる甘美な充溢感(じゅういつかん)に、エレノアは体を支えきれず、前のめりに倒れた。

結果、ジェイクの肩が寝台について、彼を押し倒してしまうような恰好になる。

「今日は君が上になってくれるのか？」

「っ、違います……！」

「せっかくだから、もう少しこのままでいよう」

予想外の事態も愉(たの)しもうとするように、ジェイクは口元を綻ばせ、エレノアの胸にちゅっと吸いついた。

縮した。

じんじんする尖りをこそげるように舐められて、ジェイク自身を食んだ粘膜が自ずと収
咬んだり吸ったりして乳首をあやされると、腰が痺れて力が抜ける。

エレノアは切なく身をくねらせた。

「あっ……あん、ああ……」


「すごいな……絞りあげてくる」

「あっ……あ、や……」

「切なそうな顔だ。君のその目を見るのが、大好きだ」

「あぁっ……苛めないで……」

ジェイクの肩に額をつけて、エレノアはいやいやと首を振った。

さっきから彼は、胸を舐めたりお尻を撫でたりはするけれど、繋がった腰は少しも動かしてくれない。

焦らしているつもりがあるにせよないにせよ、エレノアはつらくて堪らなかった。

肌の下をちりちりしたものが巡って、逃す先のない淫熱に、どうにかなりそうだ。

「お願い……もう……このままじゃ……」

恥を忍んで訴えるエレノアに、ジェイクが笑みを深くする。

「我慢ができないのか。――俺が欲しい？」

「っ……はい……」

「そうだな。俺も君を堪能したい」

エレノアの腰を抱き込んだジェイクが、下からゆるい律動を送り込む。

性器の先で蜜襞を擦られ、たん、たん、たん、たんっ、と奥を規則的に叩かれて。

「あっ、あっ、あっ、あっ、あ——」

「気持ちがいいか？」

「んっ……いい……いいです……」

「俺もだ。このままエレノアの中で溶かされたい——」

感じたことを感じたままに口に出し、喜びを共有し合う。

長い遠回りをした挙句、そんな当たり前のことをやっとできるようになったのだと、エレノアは蕩けるような快楽に浸されながら嚙み締めた。

「は、あ……はあっ、あん……」

意識しているわけではないのに、エレノアの蜜洞はうねうねと動いて、ジェイクを奥へ奥へと引き込もうとする。

ジェイクが腰をせり上げ、恥骨の裏を集中的に擦りあげると、エレノアの声は啜り泣くようなものへと変化した。

「やはり、下からだと少々もどかしいな」

困ったように笑ったジェイクが、エレノアの体を抱き込んで反転した。

敷布の上に背中が擦れて、いつもどおりにエレノアが彼を見上げる形になる。

「これで、君の好きなところを存分に突いてやれる」

エレノアの両脚を膝から広げて抱え込み、奥処を押し上げるように、剛直がごんごんと叩きつけられた。

「っ……ひ、あ、ああっ！」

さきほどまでのゆるやかな律動から一転、いきなりの猛攻にエレノアは惑乱した。

太いものを引き抜かれ、押し込まれる秘口(ひこう)からは、ぐしゅぐしゅとぬかるんだ音と肌のぶつかる荒い音が、もつれあうように響いた。

「んっ、あっ、ぁああ、そこ、っ……！」

手前側にある蜜壁のへこみを、ぐりぐりと抉るように穿たれて、理性をなくした嬌声があがる。

ジェイクに犯される場所がただただ気持ちよくて、もっと滅茶苦茶にされたくて。

「っ、ああっ……ジェイク様……すごい……」

「君の、奥も——今までで一番、狭くて熱い……」

激しい抽挿の中では難しいのに、ジェイクはエレノアの唇を求め、強く吸った。

エレノアもまた、その口づけに必死で応えた。

ジェイクとどこまでも深く混ざり合いたくて、舌先をぬるぬると擦りつけ、溢れた唾液を飲み下す。

「ん……んっ……」

気持ちがよくて幸せで、嗚咽のような声が洩れた。

心が重なって、体も睦み合って、離れたくないと強く願う。

桁違いの快感が腰の奥から込み上げて、エレノアは無我夢中でジェイクにしがみついた。

「あっ、あっ……もう、いきそう……――」

「俺もだ。一緒に、達ってくれ……っ」

全身の筋肉を躍動させて、ジェイクはエレノアを放埓に穿った。

浅いところを小刻みに突き、引き抜ける寸前の入り口からずんっと体重をかけて押し入れ、子宮全体を揺すりあげる。

水をかぶったような汗にまみれて、ひと塊になったふたつの体が大きく震えた。

「んっ、ああ、あああっ、やぁあっ……――！」

炎のように熱いものが背中を逆しまに駆けのぼり、閉じた瞼の裏が真紅に染まる。

絶頂に引き絞られる膣奥で、ジェイクの肉棒もびくびくと跳ね、どくりと濃い精を吐いた。

「っ……はぁ……――」

腕の力を抜いたジェイクが、エレノアの胸に頭を預けて沈み込む。

押し潰されそうになりながら、その重みがこの上もなく幸せで、エレノアは汗ばんだ彼の髪を撫でつけた。

（大好き……）

想いを込めて見つめれば、エレノアの心を読んだかのように、ジェイクの目元が和らぐ。

「愛している、エレノア」

鼓膜を甘く震わせて、背骨をぞくぞくさせる声だった。

「死ぬまで――いや、あの世までも。できることなら、来世もその先も俺と一緒にいてほしい」

それはまるで、遅れて告げられたプロポーズのようにも聞こえた。

色気も素っ気もなかった最初の求婚を思い出し、エレノアは「はい」と笑みを零した。

「いつまでもおそばにいさせてください。……私も、あなたを愛していますから」

どちらからともなく指を絡め、二人は唇を寄せた。

温かな口づけを幾度も交わし、これまでの分を取り戻すような睦言を紡ぎ合ううちに、カーテンの隙間からはいつしか、白々した朝の光が差し込んでいた。

エピローグ　幸福の結実

この世に並ぶものなき至宝からは、甘いミルクの匂いがする。

ベビーベッドの上であうあうと声をあげる赤ん坊を、エレノアとジェイクは蕩けそうな眼差しで覗き込んだ。

真っ白なガーゼの産着（うぶぎ）を纏う赤ん坊は、ひと月前に誕生したばかりの女の子だ。

頭頂部に少しだけ生えた髪は、まだぱやぱやと柔らかく、小さな両手が何かを摑もうとするように、にぎにぎと宙に伸ばされる。

「何度見ても可愛いですね、ジェイク様」

「ああ、可愛い。可愛いすぎて眩暈がする。この可愛らしさで全人類を笑顔にするのが、天から授かったミリアの使命だ。生まれてから一日も休まず、何をしていてもどの角度から見ても可愛いなんて、この子はなんて勤勉なんだろう」

「泣いても笑っても、眠っても起きても、お乳を飲んでもおむつを汚しても可愛いです。こんなに可愛い生き物が私のお腹から出てきたなんて、今でも夢じゃないかと思います」

「目の色も髪の色も、エレノアにそっくりだ。きっと君に似て賢い女の子になる」

「唇や鼻の形は、ジェイク様似です。ですから絶対に美人になります」

新米の両親二人は赤ん坊にめろめろで、我が子の愛らしさについて何時間でも語っていられる。

誰か第三者がこの場にいれば、「親馬鹿も大概にしろ」と呆れ返ったかもしれないが、幸いにもこの子供部屋にいるのは、エレノアとジェイクだけだった。

「そういえば君はもう、ミリアのお腹が鳴る音を聞いたか？　きゅるきゅると小鳥が囀るようで、まるで天上の音楽だ。とんでもない癒やし効果だぞ」

「えっ、ずるいです、ジェイク様。私はまだ聞いたことがありません」

「ずるいと言うが、俺は君のほうが羨ましい」

ジェイクはそう言って、瞳を細めた。

「こんなにも可愛い存在を、一心同体で何ヶ月も育むという尊い経験ができたんだからな。俺もミリアにお腹を蹴られたかったし、できることなら自分で産みたかった。つわりや出産で苦しむ君を見ていることしかできないのが、つらくてもどかしくて」

「確かに大変でしたけど、この子の顔を見たら何もかも報われました」

どちらかと言えば、ミリアとエレノアを抱きしめて号泣したジェイクの泣き顔のほうが印象深くて、産みの苦しみなど吹っ飛んだというのが正確なところだ。

(私が告白したときにも泣きそうだったし……ジェイク様って、こう見えて案外涙もろいのね)

当時のことを思い出し、エレノアはふふっと笑った。

――ウォルターの罠からどうにか逃(のが)れ、危機を脱してから三日後。

その日はジェイクの誕生日で、結局プレゼントを用意できなかったエレノアは、朝から申し訳ない思いでいた。

今からでも何かできないかと厨房に潜り込み、お祝いのディナーを拵(こしら)える料理人にケーキの作り方を尋ねては、

『そんなことは奥様の仕事ではありません』

とランドルフに叱られて追い出された。

しかし、その特製ディナーをエレノアは食べることができなかった。

夕食前に吐き気と眩暈を覚え、心配したジェイクに医者を呼ばれてしまったのだ。

その医者の問診で、エレノアは月のものが遅れていることに初めて気づいた。

身籠(みごも)っていると聞かされたときは、実感が伴わずにぽかんとしたが、

『何よりの誕生日プレゼントだ』

と感動に打ち震えるジェイクを見るうち、じわじわと喜びが湧いてきた。

そこから今日までは、長いようでとても短かったと思う。

お腹の子が育っていくにつれ、エレノアの周りにもいくつかの変化が起きた。

まずは居候を決め込んでいたヴィヴィアナが、

『あたしの後見人が、間取りも内装も理想的な家を世話してくれるっていうからね』

と、ついにこの屋敷を出ていった。

後見人という名の金蔓にされたのは、なんと、あのウォルターだった。

エレノアに不埒な真似を働こうとしたウォルターを、ヴィヴィアナも友人として許し難く思ったらしく、その報復はいかにも魔女らしいものだった。

《魔女の気まぐれ》とは無関係に、『何を喋ろうとしても、カエルの鳴き声でしか話せなくなる』という呪いをウォルターに施したのだ。

魔女が意図的に人間に害をなすことは、もちろん禁止されている。

だが、ウォルターのほうにも人には言えない負い目があった。パブの店主に金を摑ませて暴行を繰り返したのは、れっきとした犯罪だ。

カエルの鳴き声でしか喋れなくなったウォルターは、女性を口説くことはおろか、人前に出ることもできない。

《魔女の気まぐれ》とは違い、いつか自然に解けるというものでもないため、ヴィヴィアナに解呪してもらわなければ、一生ゲコゲコとしか話せない。

『エレノアが許してあげるっていうなら、あたしも考えるけど』

ヴィヴィアナに言われたエレノアは、自分にしたようなことを二度と繰り返さないようにと、ウォルターに念書を書かせた。

ジェイクはより厳しい社会的制裁を望んでいたようだが、事情聴取や裁判が身重のエレノアの負担になってはいけないと、しぶしぶ引き下がった。

しかし、ちゃっかりという概念をヒトの形にしたようなヴィヴィアナは、さすがに抜け目がなかった。

呪いを解くもうひとつの条件として、ウォルターを自分の後見人とし、今後の衣食住を保証させる約束を取り交わしたのだ。言葉巧みに誘導したため、決してヴィヴィアナが強要したのではなく、ウォルターのほうからそれを望んだという形で。

自由になる金のほとんどをヴィヴィアナに搾り取られたウォルターは、以前のように女遊びもできず、父親であるサフォーク伯爵の仕事をおとなしく手伝っているらしい。

初めてできた友人と離れることを、エレノアは寂しく思ったけれど、ヴィヴィアナはその後もしょっちゅう遊びにきてくれた。

また、舞踏会で再会したシャーリーとの交流も順調に続いている。

めでたいことに、エレノアより少し遅れて彼女も子供を授かったため、顔を合わせるたび、子育ての情報交換に余念がない。エレノアの子供が娘だったので、シャーリーもできれば女の子を産んで、一緒に遊ばせたいのだそうだ。

（ほんの一年前とは、何もかもが変わったわ――）

めまぐるしく変化した日々を振り返り、エレノアはしみじみと思った。

義理と同情だけで結びついた、愛のない結婚生活。

己の置かれた状況はそういうものだと思い込み、容姿や人間関係の劣等感を抱えたまま、数字を相手にするとき以外は色褪せた日々を送っていた。

なのに今は、あまりにたくさんの幸福を手にしていて、ときに恐ろしくなる。

毎日が本当に楽しくて、失いたくないものがありすぎて、こんなにも欲張りに生きていいのだろうかと思ってしまう。

しかもジェイクは、さらなる喜びをエレノアに与えようとしてくれていた。

「試験勉強の準備は進んでいるのか？」

「はい。この子が生まれたら何もできなくなると思ったので、出産前に集中的に。出題の傾向さえ読み間違えなければ、大丈夫だと思うのですけど」

いきいきと答えるエレノアの目標は、大学に進学し、本格的な数学の研究を始めることだ。

子育ても経理の仕事もあるため、通常の学生のように通うことは難しいだろうが、ずっ

と温めていたひそかな夢を打ち明けたとき、

『人より時間がかかっても、いつか必ず数学者になればいい。俺が初めに好きになったのは、数学の問題を夢中で解いている君だったんだから』

と背中を押してくれたのは、他でもないジェイクだった。

どれだけ感謝をしても足りなくて、彼に返さなければいけないものがまた増えてしまったけれど、どうすればジェイクを喜ばせられるのかと考えることも幸せだ。

「旦那様、奥様。馬車の準備が整いましたよ」

子供部屋の扉がノックされ、ノーマが顔を出した。

ベビーベッドの中のミリアを見るなり、乳母代わりでもある彼女の表情は、たちまちでれでれとゆるんだ。

「あぁ、もう、なんてお可愛いらしいんでしょう！　こんな美乳児は、世界中のどこを探したって他にいやしませんよ。ミリアお嬢ちゃま、今日は初めてのお出かけですねぇ。お父様とお母様と一緒に、ご友人のヴィヴィアナ様のお家まで行かれるんですよぉ」

意味がわからないまま、きゃっきゃっと笑うミリアを、エレノアはおくるみに包んで抱き上げた。

ジェイクも抱っこしたそうな目で見ているが、赤ん坊の扱いは、今のところまだエレノアのほうがうまいのだ。

「この子は、どんな《魔女の祝福》を授かるんでしょうね」

部屋を出て歩きながら、エレノアはジェイクに話しかけた。

「さあな。それは魔女殿だけが知ることだ」

「もし、《魔女の気まぐれ》がミリアにも発現したら、どうします?」

「問題ない」

階段の手前で、ジェイクは足を止めた。

廊下の窓から差し込む午後の光が、微笑む彼とその周囲を柔らかく照らしていた。

「きっとなんとかなるだろう。《気まぐれ》のおかげで、俺たちの今があるように」

「そうですね。もし困っていたら、私たちの身に起きたことを話して安心させてあげればいいんだわ」

「ああ。俺と君が本当の夫婦になって、ミリアが生まれるまでの物語だ」

エレノアの頬に触れ、ジェイクは身を屈（かが）めた。

互いの眼差しが甘やかに絡み、エレノアもまた軽く背伸びする。

ランドルフたちが待つ玄関ホールからは、この位置は死角になっているから。

羽根のように落ちてきた軽い口づけに、エレノアははにかんで瞼を閉じた。

あとがき

こんにちは、もしくは初めまして。葉月(はづき)・エロガッパ・エリカです。

突然ですが、このあとがきを書いている今現在、人生最大レベルの寝違えをやらかし、身じろぎするたびビキビキと首に激痛が走ってます。行きつけの整骨院は、こんな日に限ってお休みです。

ここ最近、血液検査でひっかかるなど、体が資本だなぁと思う出来事が続いていた矢先にコレ。今年の健康運は期待しちゃいけないらしい。

健康運は悪いけど、お仕事運は比較的恵まれているんじゃないかな！　ということで、ソーニャ文庫さんでは二作目となります『寡黙な夫の溺愛願望』について。

前作がどっぷりドロドロな雰囲気だったのに対し、今回は真逆のテイストで、潔癖な無口夫×お堅い理系妻の可愛い（？）両片想いのお話です。

これまで色々な作品を書かせていただきましたが、物語の冒頭から主役カップルが結婚しているという設定は、実は初めてだったことに気づきました。すれ違い新婚夫婦もの、楽しかった！

今作の見どころは、ずっと胸に秘めていた妻への気持ちが、とあるきっかけでダダ漏れになってしまう、夫の口説き文句にあります。

　そもそもこのネタの成り立ちは、エロガッパが飼い猫の可愛さを讃えるときの台詞が、あまりにテンション高くて気持ち悪くて、

『こんな頭の悪い口説き文句を四六時中垂れ流してるヒーローがいたら、ヒロインはドン引きだよな……』

　と思ったところから、ジェイクというキャラクターが生まれた次第です。

　エレノアちゃんは、よく彼の重すぎる愛情を受け止めたね……と、背中をぽんぽん叩いてあげたくなります。いやもう、ほんとにお疲れ様。


　最後になりましたが、恒例の謝辞を。

　たくさんの美麗イラストを描いてくださいました、芦原（あしはら）モカ様。

　実は今回、担当さんにご提案いただくより前から、芦原さんの絵柄でキャラクターを思い描いていました。不思議な巡り合わせと、お仕事を引き受けていただいたことに、深く感謝いたします。

　エレノアは地味バージョンもお洒落バージョンも可愛いですし、作中のドレスは絵に起こすと何倍も素敵ですし、ジェイクはまさに硬質な色香を漂わせる美青年で、どれだけでも眺めていられます。お忙しい中、本当にありがとうございました！

前回に引き続き、お世話になりました担当様。

スケジュールの調整から、タイトルの考案から、このたびも迷惑をかけっぱなしで大変申し訳ありませんでした。

著者校の中で、誤字の指摘とは別に、「いいエピソードだなぁ」「ジェイク哀れな……」などなど、さりげない感想の書き込みがあって、にまにましてしまいました。不憫男子萌えに共感してもらって、とても嬉しかったです。


そして、この本をお手に取ってくださいました読者様。

この原稿を書いている最中に、乙女系作家としての活動は五周年を迎えていました。ここまで書き続けることができたのは、ひとえに読んでくださる方々のおかげです。心からありがとうございます。

今後も、ひとつひとつの機会を大切に精進してまいりますので、どこかで見かけられましたら、またお付き合いいただけると嬉しいです。

二〇一七年　十月

葉月　エリカ

この本を読んでのご意見・ご感想をお待ちしております。

◆ あて先 ◆
〒101-0051
東京都千代田区神田神保町2-4-7 久月神田ビル
㈱イースト・プレス　ソーニャ文庫編集部
葉月エリカ先生／芦原モカ先生

寡黙な夫の溺愛願望

2017年11月9日　第1刷発行

著　　者　葉月エリカ
イラスト　芦原モカ
装　　丁　imagejack.inc
D T P　松井和彌
編集・発行人　安本千恵子
発 行 所　株式会社イースト・プレス
〒101-0051
東京都千代田区神田神保町2-4-7 久月神田ビル
TEL 03-5213-4700　FAX 03-5213-4701
印 刷 所　中央精版印刷株式会社

ISBN 978-4-7816-9611-9
定価はカバーに表示してあります。